目录

一片归心拟乱云

炉烬冷，鼎香氛。
酒寒谁道为重温。
何人柳外横斜笛，
客耳那堪不忍闻。

叶兆言 著

山东人民出版社·济南
国家一级出版社 全国百佳图书出版单位

图书在版编目(CIP)数据

叶兆言散文精选. 一片归心拟乱云 / 叶兆言著.— 济南 :山东人民出版社，2018.4

ISBN 978－7－209－11367－0

Ⅰ. ①叶… Ⅱ. ①叶… Ⅲ. ①散文集－中国－当代Ⅳ. ①I267

中国版本图书馆 CIP 数据核字(2018)第 047617 号

一片归心拟乱云

叶兆言　著

主管部门　山东出版传媒股份有限公司
出版发行　山东人民出版社
社　　址　济南市英雄山路 165 号
邮　　编　250002
电　　话　总编室(0531)82098914
　　　　　市场部(0531)82098027
网　　址　http://www.sd－book.com.cn
印　　装　三河市华东印刷有限公司
经　　销　新华书店
规　　格　16 开(155mm×225mm)
印　　张　15.75
字　　数　200 千字
版　　次　2018 年 4 月第 1 版
印　　次　2018 年 4 月第 1 次
ISBN 978－7－209－11367－0
定　　价　40.00 元

车在路上

把铁路比作一个国家的大动脉，四通八达的各级公路，可以算作身体上的静脉。我们的车在江西境内急驰，司机是个年轻的小伙子，少年气盛，一路飞奔，见车拦道，奋不顾身地就超过去。一车的人都有些担心，这司机似乎是好酒的，途中停车吃饭，都说简单地填填肚子继续赶路，他却一个劲儿往自己酒杯里倒酒，满不在乎的样子，说明他不仅仅是好酒，而且有酒量。酒足饭饱，又一次上路，依然如箭一般勇往直前。

车子是报社的，路过收费站，大大咧咧地便冲过去，比首长的汽车派头还大。我坐在最后，一个穿制服的收费员怒气冲冲追过来，记下了我们的车牌号码。总担心在前面一个收费站，会把我们的车像肇事车一样扣下来，然而连续冲了几个收费站，都是安然无恙。

在路上，遇到了车祸，准确地说是看到车祸。远远地发现前面堵车，我们的司机趁混乱，连连抢道超车，把车一直开到不能再开的地方。肇事车离我们只有一二十米，是一辆带拖车的大卡车，拖车的后轮下压着一辆自行车，隐隐约约还能看见一堆衣服。突然意识到那一堆衣服可能是个人，一车的人经过我的这种提醒，都感到有些恐怖。交警刚刚赶到，正有条不紊地疏通车辆。在行驶过程中，并不觉得公路上有多少车子，一出了交通事故，立刻前后左右到处都是，把身子探出窗外，前不见头，后不见尾，整个世界仿佛一下子到了末日。

我们终于轮到机会，从肇事车边缓缓驶过。不忍去看那车轮下的惨祸，就听见探头去看的人说，是个男孩子，一个十四五岁的孩子，肯定不行了。大家七嘴八舌，感叹为什么不赶快送医院。送医院显然来不及，车辆像河水一样在公路上流淌，只要一出现事，立刻被掐住脖子似的喘不过气来，只会越聚越多。

孩子既然真没有救，当场被压死可能还属于幸运。等到救护车赶到，天知道要到什么时候，还要受多少罪。除非能派一架直升机过来，车窗外出现了大片的乱坟岗，看着让人心头不由紧揪起来。意外的事件年年有，月月有，天天有，时时都在发生。我们的车子离肇事地点越来越远，起来越快，又一次跑出了速度，正在远离那个不幸的人，我的心里一阵阵的悲哀。

八大山人故居

南昌名气最大的地方，也许就是滕王阁。这是文人雅聚的地方，滕王阁造好了，又毁坏，再造，再毁坏，前前后后折腾了二十八次。冲这一点，我就不太喜欢滕王阁，它实在太招摇了，劳民伤财。

文人雅聚，其实只是一种热闹，热闹从来就不意味着真正的繁荣。同样是在南昌，我觉得最好的去处应该是八大山人故居。这地方有一股很难描述的仙气，小桥流水，古树参天，俗人在这里得半日之闲，小鸟似的盘旋一阵，立刻回肠荡气，一洗尘世烦恼。地方不大，当然也不算小，修身养性的地方，大不大无所谓。我劝有机会去南昌的文化人，都应该去八大山人墓前的石块上坐一会儿。

居然有眼福看到八大山人的真迹，以我的眼光，自然是分不明白真迹和赝品。高明的造假者哪朝哪代也没缺少过，对于一个门外汉来说，造假造得好，也就跟真的差不多。值钱不值钱一个问题，好不好另外一个问题。据说八大山人故居平时展览的，都是后人仿制的赝品。这年头人心不古，纪念馆还没有装备最现代的防盗设备，不敢轻易以真迹示人。像我们这样的普通人，能好好地看看赝品，也就足够，今天真是遇到了好日子。

早在二三十年代，京沪和日本出版的珂罗版中国画集，有些八大山人的作品，就是一个叫张大千的年轻人的手笔。假作真时真亦假，张大千先生的“劣迹”对我们这个社会来说，未必就是件坏事。赝品多，起码说明真迹确有可学之处。八大山人的画，所画动物，必有一双木然的眼睛。这是一种目空一切的表情，白眼看人，白眼看世界。仅此一点，就可以学。

作家白桦先生晚来一天，他再去，就没有我们的幸运。尽管连续补了两次课，还是失去了目睹八大山人真迹的机会。第一次去，纪念馆已下班，千呼万唤没人出来，只听得见狗狂叫。第二天再去，离下班的时间近了，管理人员限时参观，手里拎着丁零当啷一大串钥匙，白桦先生一路走，便跟着一路锁。

这样匆匆忙忙的瞻仰实在有几分狼狈，看来平时此地来人并不太多，管理人员和国家机关工作人员一样，还没下班，心里就惦记着柴米油盐。想在园子里多盘桓一会儿，也没多少可通融之处。陪去的记者小姐想用官场的一套吓唬人，吹嘘白桦的来头，得到的回答却是八大山人口吻：

“管你部长副部长，时间一到，就把狗放出来咬人。”

江西的狗很厉害，白桦先生年轻时当兵，路过南昌深有体会。八大山人的落款，看上去仿佛“哭之，笑之”。白桦先生对我们说起自己在八大山人故居的遭遇，也是哭之，笑之。

尽忠尽孝

车过文天祥纪念馆，一车人都有些激动，扯足了嗓子喊，“停一下，停一下”。司机是一车之长，老在这一路跑的缘故，板着脸回头说：“这地方有什么好玩的?”广东的一位女作家以商量的口吻说：“让我们进去上个厕所。”这说法很委婉，也很机智，司机想拒绝也没辙。

于是一路奔进去，匆匆地走，匆匆地看。时间给的十分局促，有许多地方可以看，但是只能点到为止。金碧辉煌的大殿，随处可见的说明文字，不敢恭维的雕塑，溜一眼便过去。想拍照的更是忙不迭地取景摆姿势，闪光灯噼里啪啦乱闪。一切都是匆匆太匆匆，这样应卯打卡似的参观真对不起文天祥。很快到了最北面的尽头，这里是纪念馆中唯一让人不得不止步的地方，长长的一道照壁，白墙黑字，用刚劲的魏碑写着《正气歌》，一眼望过去，果然一股正气直逼过来。

时间紧张得让人来不及感叹，等汽车重新开动，重新进入颠簸状态，才有机会重新想起了正气歌。首先沮丧的是自己的记忆力，记得上学时，长长的一首正气歌，可以从头背到尾，如今只留下四分之一。“人生自古谁无死，留取丹心照汗青”，成为千古绝唱的《过零丁洋》，当年更是滚瓜烂熟，现在也少了其中一句，怎么也想不起来。

汽车在公路上飞奔，车上有人在说笑，有人在睡觉，车窗外一片秋色，不时地可以看见造型别致的古樟树古柏树，这些树也许文天祥活着的时候就已经有了。我喜欢文天祥的故事，因为这些故事和我的中学时代紧密地联系在一起。不妨想象一下，在“文化大革命”这样的特定环境，在大家都觉得读书无用的日子里，一个书呆子兮兮的中学生，口袋里揣着《宋诗一百首》，揣着一本《唐宋词选》，多么的滑稽和可笑。当然，最滑稽可笑之处，我从来就是个胆小鬼，却因为文天祥的故事，老幻想着抛头颅洒热血。

一死有何难，到处有青山，我们这一代人，年轻的时候，饱受不怕死的教育。有一句口号谁都能记得，这就是一不怕苦，二不怕死。我总觉得，人如果有机会，选择一个值得的死法，实在是老天爷的恩赐。历史向来无情，大富大贵的人多，有学问的人多，有正义之感的人多，贪赃枉法的人也多，真正能留下名来的机会并不多。生得其名，死得其所，这是最美妙的事情。文天祥如果不是选择死，他也未必遗臭万年。在蒙古大军的铁蹄下，瘦弱不堪的南宋小朝廷，即便再添几个文天祥也无济于事。记得当年背诵《过零丁洋》时，总觉得除了最后两句有点气势，其他的句子听上去，都可怜巴巴，不用说没有岳飞《满江红》中的豪言壮语，就连辛弃疾和陆游诗词中常见的那种壮志未酬，也见不到。

辛苦遭逢起一经，干戈寥落四周星。
山河破碎风飘絮，身世浮沉雨打萍。
惶恐滩头说惶恐，零丁洋里叹零丁。
人生自古谁无死，留取丹心照汗青。

不管怎么说，死都是一种无奈。《三国志·吴书·吴范传》：“父母能生长我，不能免我于死。”死亡伴随着出生就已经开始了，生说穿了，不过是一次走向死亡的进军。荣华富贵过眼烟云，难怪会有好死不如歹活这种说法。我想文天祥的意义，就在于选择了一种恰当的死。虽然他最终选择死，也是一种迫不得已的无奈。死是一种姿态，是一种他得以永存的方式。元朝的忽必烈皇帝对文天祥说：“你不是宋朝的宰相吗？你也可以做我的宰相。”不管忽必烈这话是否当真，爱才的元朝皇帝从一开始，就知道杀文天祥不是最好的一招，杀一个阶下囚太容易了，可是忽必烈竟然让文天祥多活了四年，四年里的反复劝降毫无作用。文天祥选择了死，忽必烈仁至义尽，君子成人之美，只好成全他。

《宋史》里记载，文天祥曾说过忽必烈若不杀他，他可以出家当道士。后人对这段记载非常愤怒，认定是故意往文天祥的脸上抹黑，存心损害英雄形象。其实就算文天祥真说过这话，也未必就掩盖了他的光辉。身教胜于言传，我们谈论历史人物，不仅看他如何说，更重要的是看他如何做。很多人都认为忽必烈最后杀文天祥，是害怕有人把他救出去，东山再起。这种观点看轻了忽必烈，也看高了文天祥。就当时的大趋势看，文天祥怎么也翻不了天。

忽必烈绝不是那种骑在马上横冲直撞的酒囊饭袋，他的霸业同样建立在他对中华文化的吃透上。要想统治汉人，不知道汉人是怎么回事不行。南宋的灭亡更多的是自己的无能造成的，忽必烈知道，只有用汉人的思想，才能真正统治得了汉人的世界，所谓以其人之道，还治其人之身。他最后杀文天祥，也是用汉人的传统文化，教育他的手下。杀鸡只是为了给猴看，文天祥要尽忠，忽必烈便让他尽忠。元朝的皇帝要让自己的手下看看什么叫“忠”，希望手下日后也能像文天祥一样对他尽忠。文天祥无疑已经成了一块样板，成了教材，这是始料未及的事。

对于独裁者皇帝来说，尽忠是必要的。忽必烈没有杀掉同样是在宋朝做官的文天祥的弟弟，而文天祥的弟弟，也没有像哥哥那样高唱正气歌尽忠报国。元朝军队兵临城池，作为守城的最高将领，文天祥的弟弟放弃抵抗，很爽快地做了汉奸。这以后，作为降官的文天祥弟弟刀下留了一条性命，谈不上被重用，官职似乎还升了一级。和哥哥的取义成仁相比较，弟弟注定要遭世人的唾骂，然而事实上能见到的责怪之言并不多。相反，在文字记载中，表示同情和谅解的却占了多数。

甚至文天祥也谅解了弟弟的行为，早在“引头成一快”之前，文天祥就知道自己会在历史上留下名来，他不忍心后人过多地指责弟弟，因此亲自为弟弟的屈膝投降辩护，在狱中和嗣子谈话，文天祥说他们弟兄二人，一人尽忠，一人尽孝，不过是各尽其职。无论尽忠，或是尽孝，都必须付出惨重的代价。尽忠意味掉脑袋，意味着自己的妻子和女儿为奴为婢。文天祥的亲生儿子都死于不幸，人非草木，岂能无情，自己亲人的悲惨遭遇一定给文天祥带来了极大的痛苦。由于文天祥弟弟做了汉奸，文氏家族才避免了满门抄斩株连九族的厄运。仅此一点，文天祥弟弟的尽孝，也算是值得。在文天祥纪念馆捐款资助者名单中，有大量的文氏后人，不管这些后人的出息怎么样，也不用去追究他们为建造这金碧辉煌的纪念馆，一共拿出了多少两银子，他们能好好地活到今天，就算是好事。

尽忠和尽孝有时不能两全，无法想象文天祥的弟弟后来是怎么做人的。文天祥越光辉照人，他的弟弟便显得越猥琐，越没有脸面。我出于真心地同情文天祥弟弟的遭遇，人人都去当英雄，这世界上就再没有英雄。正是因为人的贪生怕死，才促成英雄的出世。多少年过去了，文氏后人似乎也没办法改变这么一个尴尬境地，他们越是想抬高自己的先人文天祥，他们就越是贬低自己的始祖文天祥弟弟。文天祥只是他们遥远的一个不相干的亲戚，只是他们尚不曾存在时，从家族这棵大树上砍下的一个枝杈。他们越是力图证明自己和民族大英雄文天祥的关系，不幸的结果却是，越证明越没关系。

文天祥为我们留下的只是精神，中华民族到了今天这一步，实在是精神在起着作用。然而从某种意义上来说，我们都是文天祥弟弟的后人，我们的血肉之躯，是像文天祥弟弟这样的人留给我们的。我们高歌精神，血肉之躯常常不听使唤。精神往往在和血肉之躯分开的时候，才能凸现出来，而血肉之躯又忍不住就遏制了精神的张扬。

广西印象

人真不是个东西，过去难得出门，天天做游山玩水的梦。这几年老是有好机会，忽东忽西，玩的地方多了，反倒变得不知道该怎么玩。譬如这一次去广西，绕了一大圈，糊里糊涂，整个是在浪费。都说桂林山水甲天下，然而真正身临其境，坐在有吃有喝的船上，沿漓江一路看下去，两岸风景如画，感受不过如此。

电影上电视上见多了，真是亲眼看见，想吃惊都没办法吃惊。在南宁又赶上了三月三，这是当地少数民族重大节日，我们有幸参加了当地政府组织的庆祝活动，总以为能看到些什么，结果只是人群中挤来挤去，一身臭汗。听几位专业歌手唱现代歌曲，唱得也许不错，可惜没什么民族特色。到晚上看电视，看到一组组摄自民间的镜头，极有趣好看，于是非常后悔，立刻明白了在都市化的大城市里，想看到那种货真价实充满活力的土特产，根本不可能。

广西人太热情，热情得让人不好意思。也许离得太远的缘故，我们到处成为贵宾。不断地有宴请，在广西半个月，一日三餐，从早茶到晚宴，老是白吃白喝。过去只知道广东人会吃，四川人会吃，这次到了广西，才知道广西人更会吃。陪同我们一起玩的广西朋友有个顺口溜，说“北京人什么话都敢说，湖南人什么架都敢打，广东人什么钱都敢赚，广西人什么东西都敢吃”。什么东西都敢吃实在是个高境界，过去形容会吃的人，“有毛的不吃掸子，无毛的不吃抹布”。说法非常夸张，谁也不会去吃鸡毛掸子和抹桌布，但是正因为夸张，才说到了好吃贪吃的点子上。

在广西吃到了许多稀奇古怪玩意，连皮吃的蛇和青蛙，蚯蚓差不多的沙虫和泥虫，看上去绝对恐怖的小蜥蜴，甘蔗掏个洞塞进鸡肉虾肉，烤狗肉，炒牛鞭，烹公鸡蛋，红烧果子狸。吃得最多的是穿山甲。这家伙属于保护动物，国家明令不许吃，主人却让我们放心吃，说这穿山甲是越南货，越南人不保护珍贵动物，专门有人捉了拿到边境上来卖。物以稀为贵，老实说穿山甲一点儿也不好吃，主人盛情难却，恭敬不如从命，能吃个名气也好。

除了吃，令人难忘的便是唱歌跳舞。能歌善舞是广西人的特长，市长请吃饭，吃到一半，自告奋勇带头唱起来。天黑之后，漫步大街，到了热闹处，便有不相干的男男女女在那对歌。歌词自然是听不懂，不过听声音看表情，无非打情骂俏。歌手的年龄都在四十以上，土头土脑，一点儿也不像生活在都市里的居民。这显然是最后一代纯民间的歌手，随着时间的推移，对歌这门艺术也许只好到博物馆去寻觅。年轻的一代显然对对歌这古老形式嗤之以鼻。街上到处是卡拉 OK 舞厅，这里夜生活的丰富，常让我们产生自己是乡下人的感叹。舞厅到了晚上十点，才开始演奏第一支曲子，舞姿翩翩，不过半夜绝不罢休。

广西的年轻人跳起舞来全是专业水平，一招一式，发挥得淋漓尽致。在广西的日子里，几乎天天被拖到舞厅去，非常尴尬地坐在那看人表演。主人好客，每到新地方，便找了衣着时髦的女郎伴舞。音乐一响，我们藏拙地坐在那不动，主人便像撵鸭子似的往下赶。这样的情景不断反复，女郎们暗暗窃笑，我们因此落下不潇洒的话柄。好在不潇洒的话柄也可以反过来为我们所用，碰到应付不过去的场面，也顾不上笑话丢人，双手抱拳向主人打揖，用纯真的广西普通话，拿腔作势地连声认输致歉：

“江苏作家不潇洒，不潇洒。”

梁山印象

脑子里对梁山最初的印象，是小说里的，充满了传奇。水泊八百里梁山，土匪出没英雄汇聚，潜意识中觉得会是一个十分有趣的地方。有人组织旅游，说我们这次去山东，不去泰山，也不去济南，直奔梁山，这地方正在开发，趁还没开发好，赶紧去尝个鲜。

于是就到了梁山，一辆面包车直接开到山脚下。《水浒》中的八百里水泊早就没了，沧海都能变成良田，八百里的大水早无踪影。梁山已成了光秃秃的一座，说光秃秃也不准确，毕竟还有几棵树，不过树不多，有些荒。到了梁山脚下，水浒中的故事立刻扑面而来，最让人可喜的，是门口小卖部卖的那种小板斧，当然不是李逵使的那种，是小号的，价格不贵，让人回去砍肉骨头的。据说是本地的特产，大家都笑，说幸亏是开车子来的，要不然，坐飞机带着这种小板斧，肯定有劫机的嫌疑。

买了小板斧便上山，山不高，也就南京的紫金山模样。出门登山，也是基本玩法之一，在梁山，有趣的是可以骑马。很多农民牵了马来，围着游客一个劲儿地嚷。我们一行，最先上马的是陈村，他行动不便，偏偏又最有童心，翻身上马，有点像当年入侵中国的日本兵，孩子气喊了一声，由农民牵着马，一颠一颠地上山去了。大家受他影响，纷纷上马，我和舒婷走在一起，当地的农民都是全家出动，为我们牵马的显然是一家人。我的那匹马腿有些跛，行至一半，又换了一匹。

骑马上山，有趣而不舒服。我生性胆小，不是当梁山好汉的料子，尤其开始时，是一条跛马，上上下下都有一种凶险的感觉。相比之下，反而是舒婷有几分潇洒，真不愧是女诗人，牛仔裤皮背心，活脱一个西部牛仔。老实说，那马虽然有人牵着，毕竟是在上山，马蹄在石头上敲击，有时也打滑，那声音听上去都吓人。感觉中似乎还冒出了火花，也许是联想丰富的缘故，事后想想，立刻明白不太可能。马掌是铁钉的，铁和石头撞击，速度也不快，没那么悬。

因为心情有些紧张，路过风景点，也没来得及仔细看。仔细看，也看不到什么。这里的所谓景点，不外乎伪造的水浒故事，无非是杀人越货，譬如“黑风口”。光天化日之下，想象不出这里曾经有剪径的强盗跳将出来。终于到了山顶上，是梁山泊一百〇八条好汉聚会的地方，可惜建筑都是新的，说不出好来，仿佛是到了电视剧的拍摄现场。两侧的厢房里，竖着好汉们的雕像，有真人那么大，甚至比真人还大，但是远不如我小时候有过的泥人梁山好汉可爱。也许是小孩的眼光，和成人的眼光不一样，反正在旅游景点，如今已很难看到让人满意的雕塑。按照我的傻想法，与其劳民伤财，不如留些想象的空间。

梁山的民风似乎还有些古韵。当地出一种很烈性的白酒，记得也是与《水浒》挂了些钩。我因为不能喝酒，见人豪饮，便乖乖地在一旁看热闹，有了插嘴机会，忍不住就劝人少喝一些。同去梁山的，有几位李白的弟子，见了酒眼睛亮，见了能喝的定要过招。那天是梁山的县长和旅游局长请客，目的无非希望作家朋友笔下留情，宣传一下梁山。酒喝着喝着，热闹起来，学着梁山泊好汉的样子，突然用大碗喝起酒来，旅游局长经不住闹，偷偷地跑了，众人就起哄，于是县长发话，说临阵逃脱，这不是我们梁山人做的事，派人把旅游局长找来，旅游局长红着脸跑进来，说自己前不久刚做过手术，酒不能这么喝。县长说，你不能跑，跑了，丢我们梁山好汉的人。

事后为梁山的旅游局设想，开发旅游，不打《水浒》的牌，不行，总是在《水浒》里兜圈子，也不行。制造出来的人文景点，无论如何，都摆脱不了伪劣的恶俗。当地民风淳朴，这是游人容易感兴趣的地方。其次，梁山的山远不如水，由于黄河改道，当年的八百里水面没有了，却还有一个东平湖，这是山东的第二大湖，利用这湖，大有文章可做。不过，去梁山最值得一看的，还是黄河，此地的黄河极险，是最惊心动魄的地段。大约是因为黄河在这里拐了一个弯的缘故，大片大片的土地，被定为二级湖，所谓二级湖，就是一旦黄河发大水，在这里将开闸泄洪。

我忘不了在黄河大堤上漫步时的心情，此时的黄河水位很小，走下大堤，往前走好长一段，才能到达水边。无法设想这条浑浊不堪缓缓东去的大河，发怒时会有什么样的波澜壮阔，不过只要看一看大堤上的准备工作，便不难想象可能会有的情景。高大的堤坝上，像城堡似的堆着石块，一堆又一堆，始终处于一种临战的状态。为了便于救险，沿堤岸还修了小铁路。防洪抢险，是此地百姓多少年来头等大事，不仅是为了自己，更是为了别人。

忘不了那些被称之为二级湖的大片土地，一眼望不到尽头，也许经常被水淹的关系，这里的土壤特别肥沃，庄稼长得喜气洋洋。根据规定，在二级湖地段，不应该有居民，但是很多人已偷偷地在这里盖了简易房子，生儿育女。为了下游的安全，特别是为了那些工业发达城市，大水来临时，超过一定限度，这里将开闸泄洪，眼前的这片绿油油的庄稼，会立刻变成一片汪洋。大家都知道梁山泊好汉的故事，对于黄河边普通百姓生活中最习以为常的一面，恐怕没多少了解。在这里，我们可以感受到人类的不妥协，感受到人类如何为自己，又如何为别人。在这里，我们能看到最好的人文精神。这里的老百姓世世代代离不开水，水是他们生命的一部分。为了自己的生存，他们和水斗，一次又一次地战胜了水，为了别人的生存，他们又一次次地放弃到手的胜利，做出巨大牺牲。不管这些牺牲是否心甘情愿，事实是他们不止一次地这么做了。

从大堤上看黄河，那是很美的风景，大河落日，野鸟齐飞，水小时，绵延数百里的沙滩裸露着，反射着太阳的余晖，水大时，波涛汹涌，黄河水奔腾而来，又扭转身体，落荒而去。一千里色中秋月，十万军声半夜潮，黄河之水天上来，奔流到海不复回。如果这里被开发成旅游景点会怎么样呢，起码我是很乐意去看一看。

龙虎山的回想

现在人谈旅游，动不动就是美国，就是欧洲，就是新马泰加上一个香港的几日游。没这福分，便以桂林张家界九寨沟为谈资，如果这地方还没去过，只好退求其次，聊聊近在身边的三国城水浒城。旅游已成为文化不可或缺的一个部分，现在人不会玩，没玩过，已经成了一种遗憾。

旅游热方兴未艾，坦白地说，我对很多人蜂拥而去的旅游景点，有种生理上的恐惧。记得去很有名的一座山，大清早开始准备登山，结果好像电影院散场，浩浩荡荡的人流络绎不绝往山上冲，这情景和全民健身万人登山运动差不多，是赶集，是正月十五闹元宵，那种属于旅游应有的放松和悠闲，从一开始就无影无踪。

我总喜欢和别人说龙虎山，龙虎山好就好在它不是什么热门景点，起码在我去的时候，很多人还不知道它。出门玩，对风景点的名气，我一直不太在乎，山不在高，水不在深，老实说，龙虎山的硬件条件，丝毫也不比如今那些十分时髦的地方差。论山，论水，龙虎山都很有特色。记得当时还没什么星级宾馆，我们住的招待所，是部队刚移交给当地政府的兵营改造的，条件虽然简陋，感觉却很好。出门在外，老是住星级宾馆，忽然换换口味，会有预想不到的收获。

记忆中最深的，是大雨中坐竹筏，顺流而下。大家披着颜色鲜艳的塑料雨衣，用塑料袋把鞋子扎起来，这是老作家高晓声先生的高明点子，模样虽然有些滑稽，一个个看上去都像动画片中的人物，那脚放大了许多，像一个充了气的大粽子，但是其实用性却不用怀疑，否则，真让雨淋透了也有些煞风景。旅途中，首先要客随主便，下雨就下雨，遇上什么天气都可以，我从来不相信非要什么气候才适合旅游的胡话，天气不同，旅行者得到的感受也会不同。人不过是大自然的匆匆看客，对于大自然，也得随缘，要知难而上。其次，既然知难而上，就要有与天奋斗其乐无穷的精神，不妨即兴想些小点子，对付天气的突然变化，道高一尺，魔高一丈，你下雨，我想办法对付，其奈我何。

雨中看龙虎山，别有一番情调。雨忽大忽小，忽阴忽晴，那景色气象万千地变化。人坐在竹筏上，角度不停改变，看大自然仿佛在翻小人书，看用于邮寄或收藏的明信片，每一面都印制得很漂亮，一边欣赏，一边感叹。我一向觉得风景的好坏，不应该是像什么，譬如像人像马像大象。青山绿水就是美，有了山，有了水，再加上很不错的心情，这就足够了。

导游画龙点睛地说着，由于我们事先请求，让她少说一些，导游省去了很多唾沫。但是有些景点不得不介绍，终于到了一处被称为“可看不可说”的地方，取名为“仙女献花”，最先听到这名字就不喜欢，后来知道了出处，眼见为实，只觉得哭笑不得。大自然鬼斧神工，如何就开了这么一个不大不小的玩笑。天底下本来没有可看不可说的事，看了不能说，大家一猜还是知道了。事实上，人们平时说的最多的，常常是那些所谓不可说的东西。让我吃惊的是竟然会那么相似。据说当年有个军阀，看了这地方，认为不雅，有伤风化，命令用大炮轰，轰也没什么用，不过烧了一些茅草。

武夫做起事来总有些粗鲁，自己三房四妾，而且不停地寻花问柳，又偏要做出道貌岸然的样子。人都是从娘胎里出来的，用不着假正经，如果大家有机会去龙虎山，这可看不可说的奇观，还是应该看一看，因为它比生物课本上的插图生动得多。

1998年11月9日

黄河第一湾

去黄河第一湾要经过若尔盖大草原，关于若尔盖，最初的印象是红军长征，爬雪山过草地，那险恶的草地就是若尔盖。这一带的地名都习惯这么称呼，譬如紧连着的毛尔盖。清晨离开九寨沟，天阴沉沉的，很快下起了小雨，然后小雪，然后大雪。正是九寨沟的最好季节，前一天骑马上山，当地藏民还说，这几天看风景，才能欣赏到真正的神奇。秋天已近尾声，红桦树，白杨树，漫山遍野叫不出名的树木，一片金黄，黄中间又透出血红。

没想到只是隔了一天，路也没有走多远，所有景色都改变。首先路变糟糕了，一路颠簸，汽车好像是喝醉的酒鬼，前后左右不停地摇摆。爬上一道山岗，眼前已是一片惨白。据熟悉当地气候的导游说，此地冬季漫长，这场雪是个前奏，冬天刚拉开序幕。九寨沟风景绝佳，旅游旺季主要是集中在夏季，现在搞大开发，也只是延伸到初秋。由于环境恶劣路途遥远，即使来九寨沟的游客，去黄河第一湾的人也很少。

车走在若尔盖草原上，窗外一片白茫茫。雪下了一会儿，说停就停，仿佛这样，足以让游客领略高原气候的威严。这时候，不被大自然的美丽景色吸引已不可能，偶尔能见到几头牦牛，点缀着白色世界。藏民活动的区域，经常可以见到牦牛，如今又在雪地里遇上黑乎乎的牦牛，才恍然大悟，明白它为什么要用长毛来武装自己。外面气温显然很冷了，白皑皑的草地上，突然看到了老鼠在忙碌。草原是老鼠的天堂，到处都是洞，据说这一带鼠患成灾，差不多已到了不可收拾的地步。不时地看到洞口有老鼠的小脑袋往外窥探，不由想到小时候的江南，那时候河流纵横，水沟溪边随处可见螃蟹洞，从田埂上走过，螃蟹迅速逃到洞里去了。

显然是老鼠多的缘故，突然看到了成群的鹰，高高地飞翔着，引得一车的人都惊呼起来。即使是电视上，也很少看到如此之多的鹰，黑压压的一片，仿佛置身于梦幻，仿佛不真实。印象中，高高在上盘旋的苍鹰应该是孤独的，桀骜不恭，不应该这样成群结队。鹰群给若尔盖增添了一种神秘色彩，大草原因此热闹了，还是更荒凉，一下子谁也说不准。我们只是匆匆过客，在这人迹罕至的地方，旅游开发正试图打破千古寂静，以后这里的一切都将会变，怎么变，真说不准。

黄河第一湾只是个旅游的圈套，正处于开发的初级阶段。我并不知道这第一湾的来由，一年前，在云南的玉龙雪山脚下，曾到过长江第一湾。坦白地说，我知道天下有许多第一都是蒙人的，说穿了只是一种话语权力，说了也就说了，说了就算，较不了真。旅游成为时尚的年代里，自称第一难免有抢注专利的嫌疑，过去江湖上排名，流行的规矩是让步，为自己留一点儿退路，不妄称第一，只虚心地称第二，某某称了第二，老大就再也没有人敢觊觎。譬如天下第二泉，譬如江南第二泉，都是很好的名胜，并不因为排名老二，便坏了身份。看看地图就知道，黄河的第一湾怎么也不应该在四川境内，我们曾在青海境内沿黄河游荡过，在看到的这个第一湾的上游，拐过了无数道大湾小湾。顺便说一声，青海境内的黄河，是我见到的最清澈的河流，广西的漓江，福建的闽江，西藏的雅鲁藏布江，都以水质好著名，仍然没办法与之相比。

不管怎么说，黄河第一湾还是太值得一去，经过一天辛苦跋涉，到达目的地正是落日时分。黄河落日圆，在哪都是一道好风景。匆匆来去，虽然未带冬衣，好在有了寒冷的心理准备，并不觉得熬不过去。毕竟在露天的时间不长。这一天最难忘的，是很晚到达若尔盖县城，突然发现有三个人被丢在黄河第一湾，这是一个让大家震惊的消息。那地方不通手机信号，离县城还有三个小时的路程，随着夜深，气温越来越低。东道主吓得够呛，好在失踪者早就躲到了藏民家里，当然是有惊无险，事后想想更值得回味，我颇遗憾自己不是三个失踪者之一。

2002 年 11 月 28 日

长征，众所周知的故事

1

二十多年前，一个美国老人心血来潮，风尘仆仆跑到中国，沿当年红军长征走过的路，走马观花考察了一番。这一路很辛苦，历时三个多月，对于一个已经七十多岁的老人来说，实属不易。他此行的目的，是想再现长征的历史。这个愿望由来已久，但是直到1984年，压抑在心头的愿望才得以实现。很快，一本关于中国红军长征的书，在美国出版了，又在很短的时间内，引起轰动，销量极好，上了排行榜。

这本书的名字叫《长征，前所未闻的故事》，写书的美国老人叫索尔兹伯里。20世纪80年代中国开始改革开放，历史总是和现实紧密相连，凡事都讲究水到渠成，早了不行，晚了也不行。早在十二年前，中美刚刚恢复邦交之际，索尔兹伯里就向当时的总理周恩来提出申请，准备要写这样的一本书，结果却是没有下文。假如再晚十年八年，显然也不行，首先是索尔兹伯里自己已于1993年去世，而他采访过的许多老红军也都相继离开人间。

索尔兹伯里是美国著名的记者，在他的书里，我们看到了一名职业记者所特有的优秀素质。大多数中国人的心目中，长征众所周知，用不着再唠叨，小学中学大学课本一再提到，各式各样的回忆录连篇累牍。偏偏是这本书悄悄地改变了人的既定观念，引起了大家的重新思考，让众所周知的故事，开始变得前所未闻起来。我一直想不明白，为什么不是一位中国作家来撰写这样一本书。就像另一本红色历史的名著《西行漫记》，非要由美国作家斯诺来完成一样，我们总是拱手把大好机会送给外国人。中国的人和事，写成了英文然后再翻译过来，出口转内销，结果是我们要借助别人的眼睛，来看自己的历史。

我不得不佩服索尔兹伯里的写作效率，佩服他具有的独到眼光，对资料的把握，对第一手资料的看重，最后令人心服地写出这本好看的读物。事实上，我们从来就不缺少这方面的文字，在我的少年时代，读到了太多的长征故事。长征是一出英雄传奇剧，红军是我崇拜的偶像，爬雪山过草地一直为我所向往。如果重新回到那个年代，我会毫不犹豫地加入到红军的行列。

2

今年初夏，一个女孩子打来电话，问我愿意不愿意爬雪山过草地，重走当年的长征路，我犹豫了一下，答应下来。犹豫的原因，是我知道在今天的背景下，爬雪山过草地，注定只能是象征性的，货真价实地进行，自己身体状况不允许，主办单位也不可能来冒这个险。所谓长征，肯定是一次公费旅游，形式一定会大于内容。

事实也是如此，我并没有因为这次亲历现场，置身于雪山和草地，就感受到更多新的东西。一切都像预料的那样，蓝蓝的天，白白的云，青青的山，绿油油的大草原上点缀着黄色的小花。到处是一片美景，静静的柏油路伸向远方，鸟儿在天空上飞翔，藏民在草原上放牧，一只黑乎乎的大藏獒在驱赶羊群。时过境迁，雪山草地已完全没有了应该有的狰狞。这完全不是我想象中的情景，跟记忆深处的那些往事画面丝毫不搭界。

英国作家德波顿去法国旅游，在普罗旺斯寻找凡·高的踪迹，情不自禁地想起了前辈作家王尔德评论另一位画家的名言，“在惠斯勒画出伦敦的雾之前，伦敦并没有雾”。德波顿感慨地意识到，根据同样的道理，凡·高没有画出令人惊艳的美景之前，普罗旺斯的美丽风光也不存在。美需要一双特殊的眼睛去引导，毫无疑问，红军经过的雪山草地，作为一个早已存在的自然景观，它们只有沾上了红军的足迹，才有了后来的特定意义。我琢磨着草地的威力，想象着它无言的巨大能量。据说对红军造成最惨重伤亡的，就是这看似温柔，却到处隐藏着陷阱的大草原。茫茫大草原对红军的消耗打击，既是肉体上的，也是精神上的。沼泽地软得像豆腐一样，随时随地会吞噬战士的生命，很多人就是在这里消失了，然而致红军死亡的原因很多，远远地超出被沼泽地所吞噬。天阴雨湿声啾啾，事实上，在草地上冻死的，饿死的，绝望而死的要更多。索尔兹伯里从一位幸存的医生那里探听到了当时人对杳无人烟的恐怖：

> 没有人，一个也没有。你要了解我们中国人的习性。我们从来没有过这样的经历：看不到人的影子，听不到人的声音，也没有可以谈话的人。没有人从这条路上走过，没有房屋，只有我们自己。就好像我们是地球上最后一批人……道理就在这里，这就是人们死亡的重要原因。

这是一个容易被忽视的史实。我们常常要提到的，是国民党几十万大军的围追堵截，是国军的无能，是地方军阀的钩心斗角。长征制造了中国的历史，完成了一段胜利者写就的神话。

几年前的秋天，我曾经路过这片大草原，那次留下的记忆要深刻一些。突然变天了，转眼间大雪纷飞，天低云暗，绿色的大草原顿时改变了颜色。然而，即使是在这样恶劣的气候条件下，我仍然无法沉浸到过去的岁月中。坐在舒适的豪华大巴里，享受着空调，座位上放着一件可穿可不穿的羽绒袄，我知道自己纯粹是一个观光客。满车的惊叹声，男士和女士的说笑声，不时地在提醒着我自己只不过是一个旅游者。尽管手上拿着一张历史的门票，作为局外人，我永远也回不到过去。

3

爬完雪山，过了草地，有幸在三大主力会师的甘肃会宁，聆听一位老红军做报告。一切都是主办方事先安排好的，我没办法掩饰失望，因为见到的这位老红军和卓越艰苦的爬雪山过草地，并没有什么直接关系。

毕竟过去七十年了，长征的幸存者已所剩无几。夸大这次行程的收获是不真实的，虽然见到雪山，见到草地，看到了一些宣传材料，听了无数解说，我不得不承认，自己的这次行万里路，没有任何可夸耀之处，远不及读过的几本书。

我读过形形色色关于红军长征的书，由于阶段不同，作者身份不同，获得的信息也不完全一样，有时甚至是完全对立的。我已经习惯了不同的文字，从全相信，到不再轻信。毕竟红军的故事在我成长过程中，起着一个不可忽视的作用。我们这一代，是在红色的教育下长大成人，最好的励志书就是红军长征。苦不苦，想想红军二万五，长征总是用一个可以预见的美好未来激励后人。在现实生活中，我们以长征为例，以红军为榜样，看重的不是那个漫长过程，而是强调它苦尽甘来的结果。

作为一个众所周知的故事，长征的意义更多的也是因为结果。现实中的长征十分残酷，回忆中的长征却永远美好。还是在会宁，红色旅游的口号已经十分响亮。在一片荒山野岭之中，长征的壮举被浓缩了，被简单世俗化了，一目了然。这里新开辟了一个红军公园，花费不小的一座座微型景观，很草率地构成了一幅二万五千里的长征画卷。瑞金，遵义，腊子口，娄山关，雪山和草地，一个紧挨着一个，最后是革命圣地延安。当地政府相信，红色旅游会给本地的贫穷带来机会，而在新世纪，放过了这样的好机会将不可原谅。

忘不了少年时代对红军的入迷，一段时间内，我相信自己知道许许多多与长征有关的故事。我曾经是那样的投入，搜集着方方面面的史料，仔细比较鉴别，兴致勃勃地研究着地图，幻想着有朝一日，能像红军那样脚踏实地，把长征路重走一遍。

我终于如愿以偿，获得了这样的机会，可是这次旅行，只增加了不少新的感慨。

2005 年 10 月 25 日

常州印象

对常州的印象，总有点匆忙。记忆中的第一次印象，在我十岁的时候，正是“文化大革命”第二年，到处乱得不得了，是地方就在武斗，我去江阴路过常州，下了火车，急匆匆去长途汽车站，记忆中当时气氛非常紧张，空气中仿佛都有火药味，路上老听说什么地方打死了人。

以后有过好几次去常州的机会，都是去江阴时路过，因为是路过，每次一定匆忙，看一眼就走。我有个不太准确的印象，就是好像在常州坐过黄包车，是黄颜色的，喇叭是一捏就怪响的橡皮球，声音很刺耳。我不敢肯定这个印象的准确性，因为那是一种梦幻般记忆，模模糊糊，并不太真实。天知道常州有没有过这种黄包车，如果有，也记不清楚自己当初为什么要坐。坐在黄包车上，很像是属于剥削阶级的人士，那年头穷人万岁，难道还会有这种为剥削阶级服务的车。

第一次有机会真正品尝常州，是在读研究生的期间。那一次去常州看高晓声叔叔，完全是心血来潮，也不知怎么就想到了他，糊里糊涂人已到常州。下火车以后，站在大街上，突然发现自己忘了带地址。这是一个不能原谅的错误。时间是下午三点钟，我一时真不知道怎么办才好。好在还能依稀记得桃园新村几个字。附带说一句，至今也弄不明白是桃园还是桃源，反正读音一样，问路时也不至于发生误会。我这人经常出这样的洋相，有一次，给高晓声寄信，地址上漏写了常州两个字，只写了江苏桃园新村某某号收，结果信辗转了一个月，居然还是寄到了。

高晓声后来见了我就说："这种事，只有你，亏你做得出。"

常州人热心地用很生硬的常州话为我指路，软绵绵的吴方言中，常州腔始终给我留下生硬的印象，很有力，很有叛逆精神，像树棍子一样是僵直的。我已经相信自己能找到高晓声，热心的指路人给了我充分信心。一路看着野景，建设中的常州城像一个大工地，到天黑时，终于到了桃园新村，短暂惊喜之后，面对着成排的麻将牌一样的高楼，我又一次发愁。连续问许多人，大家七嘴八舌，都不知道他住在哪。高晓声在常州名气自然很大，家庭住址是个人隐私，不是什么人都知道。天越来越黑，我肚子也越来越饿，幸运的是，最终还是找到了高晓声。一位穿制服的高个子民警，像审讯小偷似的，好一番盘问，检查了我的研究生证，仔细验证证件上的相片，然后告诉我确切的门牌号码。荒唐的是，高晓声竟然就住在前面的第二栋里。这一次给我留下的深刻印象就是，相比之下，常州毕竟还是个小城市。像我这样贸然行事，不清楚地址到处相撞，如果在上海去找巴金先生，在北京去找王蒙，或者是在华盛顿找克林顿，在巴黎找德斯坦，恐怕也就没有这样的运气。

我对常州最好的印象，是那次陪汪曾祺一行游玩。那次一起游玩的都是父亲辈的老朋友，除了汪老先生外，还有黄裳先生和林斤澜伯伯，还有我父亲和章品镇先生，自然还有东道主高晓声叔叔。都是些很有文化的文人，凑到了常州，兴趣立刻是访问古迹，拜谒先贤遗址。常州向来是人文荟萃，扳起指头数一数，能说出一大堆来。我们首先去了唐顺之的旧居，那地方当时正拆迁，大片大片的房子都拆了，只剩下孤零零的和废墟差不多的一小撮。记得黄裳先生很激动，很孩子气地说：

“这不能拆，不能拆，应该保留。”

那时候正在为这房子究竟拆不拆打官司，我们是过路客，随便动动嘴而已，说过就走的，也不知道后来到底有没有保留。

看了看赵翼故居，见到了那个让人感慨的楠木大厅。大厅依稀还有点旧时的繁华，落满了灰尘，割居而住烧着蜂窝煤的都是赵瓯北后人。我很冒昧地问他们是不是都姓赵，一位中年妇女非常骄傲，说我们当然都姓赵。赵氏子孙中，有个很让人羡慕的现代学者赵元任。赵元任后半生一直生活在美国，曾经回来过一次，不知道他看见祖先留下来已经斑驳的楠木大厅，会产生什么样感想。又看了两当轩，有点简陋和寒酸，不过和赵瓯北的楠木大厅比起来，我似乎更喜欢穷困潦倒的黄仲则。

黄裳先生坚持要去看恽南田的墓，自然是在乡下，陪同的人不好意思说太远，一再说没什么可看的。结果还是去了，见到了那个荒芜的坟丘，大家免不了一番感叹。纪念馆的人知道汪曾祺和黄裳先生擅书法，硬拉住了一定要写字，于是就写，我在旁边老老实实地看着，写了什么，已记不清，只记得一写好赶快上车，因为天都黑了，大家都饥肠辘辘。

我清楚地记得那是一个让人愉快的秋天，吃了好几次螃蟹。那是一九八六年，螃蟹已经很值钱，吃了就不太容易忘。螃蟹不是常州的特产，不值得多花笔墨，可以说一说的，是酒醉饭饱，汪曾祺先生画了一幅螃蟹图，然后大家都在上面胡乱签字。螃蟹图画得非常棒，可惜好马不能配好鞍，一帮不会书法的人，硬是把那幅画给糟蹋了。

常州好吃的特产是麻糕，就在吃螃蟹的同一家馆子，我们天天都少不了吃这玩意。常州麻糕的味道和螃蟹一样让人难忘，能者多劳，汪曾祺的书法好，名声也大，店家便拉住了写匾。结果汪曾祺写了“常州麻糕天下第一”几个字，我怎么也忘不了他写最后一个字的神态，笔整个地横了过来，像扫帚一般用劲一划，大家在一旁齐声叫好。

我想这块匾如果后来没有挂出来，那可就太可惜了。

人在靖江

今年春天，一帮作家去靖江的度假村打秋风，躲在蘑菇似的小木屋里操练扑克牌，玩腻了便出来看风景。长江边的落日值得一看，江水滔滔江风扑面，可惜见不到孤帆远影，于是也产生不了怀古幽情。在我们身后不远，是能让人联想起克林顿和莱温斯基的白宫，它是度假村的主楼，富丽堂皇轩昂出众，还真有些美国佬的意思。

显然是个寻欢作乐的好地方，靖江的佳肴犹如藏在深闺的美女，当地人觉得很有名，外地人真正知道的并不多。好吃好玩过了几天，主人希望大家留点文字下来，顿时有作家报名要写吃。吃是一种文化，靖江的佳肴既然如此之美妙，耍笔杆子的不跳出来说几句公道话，实在不应该。

早知道靖江人会吃，十多年前，父亲就对我表示过感叹。我母亲在靖江有个弟子，是当地剧团中的女一号，父亲作为家属曾陪母亲在靖江作客，被很好地招待过一次。我一直不太相信，这次亲口尝到梨子的滋味，大饱口福大快朵颐，是真正地心服口服。不过在这篇文章中，我并不打算谈吃，因为吃人家的嘴软，这时候再说好，多少有点做媒子的嫌疑。不吃白不吃，吃了也白吃，谁要是嘴馋，爱吃，尽管自己带着嘴去靖江。

靖江现在很富裕，地处江北，和苏南那些富得流油的县级市相比，丝毫不逊色。我是第一次来，眼见的都是繁华和生机勃勃，但是记忆中的贫穷，却和这地方不和谐地联系在一起。饱暖可以思淫欲，也可以怀念过去，我总是情不自禁就想起几十年前，想起在靖江对面的江阴待过的那两年。这是与我成长有着密切关联的两个年头，记忆中，江阴农村本身就是一个很穷的地方，没有通电，没有公路，到处都是破房子。好在幸福能够通过比较获得，我所在的那个村子当时有个不成文的传统，如果穷得娶不起老婆，便将就着娶江北人。江北是一个很大的概念，小到苏北，大到中国整个北方，偏偏在江阴人眼里只是特指靖江。

六十年代初期，一个很美丽的靖江姑娘，由媒人和母亲带着，到我外祖母所在的那个村子来相亲，男方是个残疾人，一条腿是瘸的，长得像个侏儒，年龄也不小了。姑娘一见他吓得要跑，媒人却将她们母女带进厨房，让她们吃饭，吃饱，并让她们看到灶台上放着半碗猪油，结果那姑娘便留了下来。我听说这个故事的时候，姑娘已是生了两个儿子的少妇。她的大儿子，是我在农村时的伙伴，长得与他母亲一样神气。记得那时候常去江边的大堤上割羊草，在江滩上捉螃蜞，隔江遥望，我们会无端地生出一种傲气来，因为江那边意味着贫穷，意味着没饭吃。有了更穷的江北作参照，大家都很知足，都感觉良好。没人会想到娶美丽的江北女人是个艳遇，传统的偏见根深蒂固，贫穷使得女人的美丽大打折扣。那个有残疾的男人，对老婆并不好，他骂她，打她，公开地羞辱她。压迫深，反抗重，终于有一次，这女人忍无可忍，当众把男人掀翻在地，让全村的人为此事笑了很长时间。

这样的往事今天听起来仿佛天方夜谭，说给别人听不相信，甚至我自己也有些怀疑。

2000 年 11 月 24 日

苏州印象

在北方人听来，苏州话和上海话没区别，软软的甜甜的，仿佛掺蜜糖的糯米元宵，苏州人一定觉得这见识很可笑。印象中的苏州人，总觉得别人可笑，四川人吃辣，山东人吃大蒜，东北人模样太大，北京人嘴贫，广东人说话像香港人，苏州人眼里都是问题。中国城市中，像苏州这样自以为是的城市并不多见。我的丈母娘是苏州人，到女儿家小住，看不惯的地方，就叹气说："格个南京人真谑头……"接下来是很同情，数落一番，恨铁不成钢。

我的祖父也是苏州人，虽然一生中大多数岁月，并没有生活在这个美好的城市里，但是偶尔也会露出苏州人的优越。苏州人天生一种傲气，祖父总是嫌父亲的苏州话讲得不地道，常常很愤怒地纠正发音。父亲长期在苏南工作，接触的吴方言多了，能说一口大杂烩的吴语，这话北方人听来没什么分辨，但是祖父感到别扭，感到忍无可忍。

苏州话是苏州人骄傲的本钱，听苏州人吵架，民间比喻为一种享受，晚清和民国初年，上海滩的妓女以一口带苏州腔的吴浓软语，为最有文化品位。一个分明是在北方长大的妓女，能说半调子苏州话也算一种特长，难怪整个吴语中，完全靠耍嘴皮子，只有苏州评书能站住脚，而且可以风行很多年。和苏州人在一起，我总觉得自己笨嘴笨舌，曾几何时，新结婚，丈母娘来做客，自己大着舌头模仿几句苏州话，妻子和丈母娘知道我胆小，从来不讥笑，有时还鼓励，说说得蛮好，南京人能这样，已很不容易。无知因此胆大，真以为说得不错，后来女儿大了，老在一旁捏着鼻子笑，我便发誓再也不拿腔拿调像小鸟似的学说苏州话。

妻子是正宗的苏州人，平时跟我不说苏州话，两人一起上街，买东西或者要商量什么事，忍不住就和我说家乡话。她或许觉得在南京说苏州话，仿佛外国人在中国说英语，别人不知道她说什么。为这事自己常常和她急，因为这并不保密，关键的词都让人听去了，其实南京大萝卜中，有很多人都能听懂吴方言。南京话属于北方语系，学说吴语是为难他们，真以为听不懂，就错了。

说来可笑，虽然籍贯填苏州，自己直到和妻子正式谈恋爱，才第一次去这座城市。苏州长期以来，一直在身边打转，可望而不可即。总觉得注定和自己有关系，宴会上攀同乡，套近乎说我是苏州人，还真不能算大错，既有苏州的籍贯，又是苏州的女婿，这种资格不是一般人可以拥有。小时候，我在江阴农村待过两年多，按大同乡概念，在江阴待过，应该等于在苏州待过，因为都是地道的江南水乡，风俗十分相似。外祖母家隔壁的村子，属于张家港，张家港现在还属于苏州市。

坐火车路过苏州，不止一次远远看到虎丘塔，大家一起谈话，说到苏州，自己作为一个伪苏州人，虽然插不上什么嘴，但难免有一种亲切感。第一次去苏州，好坏全留下深刻印象。记得是去虎丘塔，因为各种印刷品上，已经屡次见到那塔的模样，眼见为实，已觉不新鲜。让人难以容忍的是人多，人太多，浩浩荡荡进去，浩浩荡荡出来，哪个角落里都是游客，想不明白怎么会有那么多人。好像电影刚散场，大家肩膀挤肩膀，一路全是热闹，叽叽喳喳，再好的心情也不会觉得这样的旅游有意思。上有天堂，下有苏杭，如果天堂果然这般喧嚣，不如老老实实在民间待着。

好端端一个风景点，成了熙熙攘攘的火车站，真煞风景。幸好还有好印象可以补充，虎丘塔太热闹，于是寻一个安谧，去沧浪亭。离妻家正好不远，太阳快落山之际进去，夕阳下，一切十分宁静。暮霭生深树，斜阳下小楼。沧浪亭不算大，公园里只有几个人，感觉完全不一样。人太多，对于苏州这样的小城市来说，永远致命，苏州园林是私家花园，注定不应该人多势众。这种园林是唐诗宋词，得静静品味，细细琢磨。

那天在沧浪亭的美好记忆，至今也忘不了，后来和许多外地人谈起苏州，总是语重心长地让人去沧浪亭。沧浪之水清兮，可以濯我缨，沧浪之水浊兮，可以濯我足。国外正流行的一句话，很适合用来形容苏州，“小是美丽的”。这句话和环保主题有关，苏州是富庶的地方，如果不注意控制，很可能演变为一个暴发的城市。不能想象苏州成为国际化大都市会是什么模样，这将是一个灾难性的变化。总以为发展就是好事，其实对于有传统的城市，保留过去，丝毫不比发展逊色。

1999 年 5 月 27 日

喜欢杭州的理由

喜欢杭州的理由太多了，太多，就说不清楚。南宋的开国皇帝应该最明白这其中的道理，当年岳飞坚决反对他在杭州建都，最堂皇的借口是王室不可偏安，要建首都，就应该建在南京。自古金陵有王气，而且虎踞龙盘，有长江天险可挡，有高山险要可占，所谓可进可退，攻守俱佳。武人持这样的观点倒也罢了，偏偏文人也是这样的议论，身为北方词人的辛弃疾，身为南方的浙江诗人陆游，都坚决反对建都杭州。甚至杭州后来已经被定为南宋的国都了，陆游仍然魂牵梦绕，写下了“梦里都忘困晚途，纵横草书论迁都”的诗句。

平心而论，就事论事，以建都而论，怎么说都是建在南京为好，宋高宗也不是个能说会道的主，在爱国将领的逼迫下，在文化人的嚷嚷声中，颇有些结结巴巴。好在那时候的杭州，还没有“暖风熏得游人醉”的恶名，游人也暂时不会把“杭州当汴州”，高宗情急之中，找到一个几乎是站不住脚的理由，可就是这个站不住脚的理由，倒让他给站住了。

宋高宗有他的一句至理名言，这就是要搞好一个国家，关键在于“修德行而不在择险要之地”。高宗的意思，无非是强调思想工作的重要性。作为一个领袖，他不敢用杭州的风景殊好来为自己辩护，于是就大唱高调。皇帝唱高调，老百姓是一点儿办法都没有。皇帝的话是金口玉言，他真这么说了，也就这么定了。事实证明宋高宗还是个有眼光的君主，投降主义路线也好，偏安偷生也罢，以一个南方朝廷维持的寿命之长，杭州的建都时间，超过了有着“帝王之气”的南京任何一个朝代。

并不能假设宋高宗是因为留恋西湖的美色，才有了在此建都的念头。这种假设过于浪漫，说着玩玩，也没有什么不可以。谁都知道，把这皇城建在了杭州，把国家的基础扎在西湖边上，气息方面确实弱了一些。生活在这一片锦绣河山里，无论你怎么修德行，说得再好听，骨子里还是软弱，南宋无论怎么夸奖它，也和强大二字挨不上边。

只能这么说，皇帝也是人，是人就会有爱美之心，是人就会喜欢湖光山色的美丽。慈禧太后她老人家当年为什么要建颐和园，还不是做梦都想把杭州的西湖美景搬到北京去，要不后人介绍颐和园，也犯不着说这个像苏堤，那个是抄袭了白堤。

我有画画的朋友，在他的心目中，南宋的画，代表着中国绘画的最界境界。他总和我开玩笑说，国是国，家是家，一个国家强大不强大，都是相对的。一个时期的画好不好，才是绝对的，好就是好，不好就是不好。这就和杭州这个城市一样，美丽二字，不用怀疑。

大约八十年前，上海的外国人哈同带着中国老婆到杭州游玩，在西湖边一坐，便动了买地造房子的念头。其实在这西湖的边上，也不是没什么私人宅子，只不过都是中国人的，卖给外国人，这好像还是头一次，因此特别招骂。哈同夫妇两人喜欢杭州的理由，说起来耐人寻味，就是此地有活山活水。

看到了这活山活水，皇帝会动凡心，洋人不怕挨骂。要说我自己喜欢杭州的理由，也可以随便挑出一二，譬如自行车，就是在这学会的。读中学期间，有一年到杭州去玩，住在浙江大学，是“文化大革命”的后期，一个亲戚住在图书馆大楼里，我闲着没事，就在大楼过道里学骑车。那是我对杭州最初的印象，什么西湖，什么灵隐，都没往心里去。只惦记学自行车，那房子巨大，过道很长，直直地一路骑过去，要跌倒下来，正好可以扶住两边的墙壁。一个下午学会了骑车，然后在校园里兜圈子，浙江大学是中国最漂亮的大学，我那时候还是个孩子，对校园环境优美无动于衷，感觉非常好，只是因为刚学会骑车。记得一开始不怎么会用刹车，大着胆子横冲直撞，沿着坡道一路滑下去，速度飞快，自己心里十分紧张，吓得路过的女大学生哇哇直叫。

说出来很煞风景，第一次到杭州，年岁小，玩心重，除了学会骑车，能记住的，便是奎元馆的面条。当时好像改名叫“工农兵”面馆，因为嘴馋，吃了再也忘不了。几年以后，已经上大学，好端端的，正上着课，突然想起了奎元馆，便在江南三月，拉了一位同窗好友，兴冲冲逃学到杭州。从南京到杭州有三百多公里，骑自行车，得花两天时间。一路上，多少有些疲乏，便用“奎元馆”三个字为自己打气，用“脆鳝面”为同学鼓劲。

终于进了城，逮住别人先问西湖在哪个方向，然后对着西湖直冲过去，好像一定要到了西湖边上，才算真正到达杭州。二十多年前，沿着西湖骑车，真是神仙的日子。我现在甚至记不清那次去没去奎元馆，真看到了西湖，吃不吃已经不再重要。写到这里，我突然想到了哈同夫妇所说的“活山活水”的确切含义。

别处也有山，别处也有水，和西湖的山水一比较，那个“活”劲立刻弱了许多。人到西湖边，疲乏顿时无影无踪。以杭州的山水为参照，为样板，偌大的一个中国，还真找不出另一个可以媲美的城市。虽然这是我第二次到杭州，后来还有第三次、第四次，次数多得自己都绕不明白，但是这一次的美好感觉最具有冲击力，影响最深刻。我忘不了当时看到西湖的那种亲切。说白了，只为了在这西湖边，停上那么一小会儿，辛辛苦苦地骑车三百多公里，值得。

2003 年 9 月 26 日

感觉哈尔滨的冬天和夏天

八年前，阿成写了一本《哈尔滨人》。书的责任编辑寄了一本过来，让我依葫芦画瓢，也写本《南京人》。我当时有些不知轻重，看阿成的序言，说写那么一本书，不过二十天光景，我想自己力有未逮，二十天不行，四十天总可以，糊里糊涂就接了这活，结果八十天都没有完成。这就看出了南人和北人的差别，过去南方这边要想北伐，横准备竖准备，口号喊得震天响，又剃头又宣誓，漂亮的词儿一套一套，风萧萧兮易水寒，壮士一去不复还，动静大雨点小，真能成事的并不多。不像北方的兄弟们准备南下，恶狼一样地直扑过来，大兵压境，朝发而夕至，风扫千军如卷席，跟玩似的，转眼就把南方给灭了。

我是通过阿成的那本书认识哈尔滨的，这种认识注定是片面的，不完整的。在一个南方人眼里，东北是一个大概念，是高粱米和棒子面，是那首委婉动听的《松花江上》，是一望无际的森林煤矿，是浩浩荡荡的生产建设兵团。北方人分辨不出上海话苏州话的差别，我听着哈尔滨人长春人沈阳人都一个腔调。这和不识庐山真面目，只缘身在此山中的道理恰好相反。有个东北人悄悄地告诉我，说哈尔滨人就像你们江浙一带的上海人，都是洋气的，都是目中无人，在他们眼里，其他外地人都是乡下人。我猜想这位东北汉子大约是因为受过哈尔滨人的气，才会有如此怨言，不过怨归怨，语气中仍然是赞叹。

哈尔滨的洋气显然用不到我来多说，第一次到哈尔滨，是在最冷的冬季，感觉就跟出国一样。这也是我第一次踏上东北的黑土地，就住在友谊宫里，因为紧挨着江边，下榻不久，迫不及待跑到江面上去了。厚厚的冰层与陆地已没有什么不同，白茫茫一片，黑乎乎几个人影，风像刀子一样割着脸上裸露的部分。这种刀割的感觉令人难忘，加上今年夏天刚尝到地道的杀猪菜，加上刚听过的原汁原味的民间二人转，从此成为我见证东北的吹嘘资本。

事实上，在哈尔滨过冬天，要比我所居住的城市南京舒适得多，在哪都有暖气，室内如春天一般温暖。北国风光才是真正的风光，我总是提醒北方的朋友，别以为江南温暖，六朝金粉，大冬天你要是冒冒失失来了，准保冻得你喊："我的妈呀！"

我对哈尔滨的冬天始终保持着美好印象，这才是地地道道的冬天，要冷就冷得痛痛快快，要冻就冻一个彻底，零下二十多度，滴水成冰，白雪皑皑。有一年，一位台湾同胞在南京冻得哇哇直叫，正好赶上一场小雪，兴奋得像小孩一样直拍手，说从来还没有见过真的下雪，下雪真好玩。我忍不住要笑他没见识，劝他感受冬天，应该到东北去，去中国最北方的城市哈尔滨。台湾同胞连连摇手，说在南京已经冻成这样，哈尔滨还是免了吧。结果我把哈尔滨的冬天好一番夸奖，猛做广告，弄得台湾同胞眼睛溜溜转，问我是不是娶了一个东北媳妇。

这台湾同胞后来果然领了一帮人去了哈尔滨，尽兴得意之余，打电话给我，问我有没有沿着雪后的中央大街散步，我说散了。又问有没有去看过野生动物园的老虎，我说去过。又问有没有去滑雪场，我想了想，说好像没有，他立刻哈哈大笑，仿佛逮着了大破绽一样兴奋无比，说没去过那什么滑雪场，就等于没有到过哈尔滨。

新浪网和湖南卫视联手做调查，询问目前中国最适合居住的城市。因为是电话采访，我脱口而出，认为南京最适合。回答完了，立刻觉得自己这只是自卖自夸，无非“金窝银窝，不如自己狗窝”那一套。真是没有什么见识，真是目光短浅。其实就气候而言，南京可算得上水深火热，冬天冻得够呛，夏天热得要命，和哈尔滨相比，南京的冬天和夏天简直不是人待的地方。

这些年的时髦话题，是全球气候变暖。电视上看天气预报，是地方就热。痛苦是一种比较，幸福也是。南京是传统意义的四大火炉之一，这些年常常被挤出四强，挨个城市报过来，武汉更热，南昌更热，重庆更热，杭州更热，甚至上海也比南京热。

甚至哈尔滨也热，虽然不能和南方的火炉相比。俗话说热昏了头，中国最北方的城市竟然也热了，这便是典型的昏头昏脑。到了这一步，也没地方可去讲理。今年八月，在哈尔滨遇到几位作家，除了北京的大腕，分别来自武汉和南昌，大家碰到一起，谈起过去的酷暑，一个个苦大仇深，好像刚经历了一场白热的战争，都有劫后余生的感觉。今年的夏天实在是太热，既然幸福也是一种比较，大家聊以自慰的是哈尔滨同样热，起码从天气预报上看是这样。偏偏遇到一个东道主迟子建，大名鼎鼎的哈尔滨女作家，新科作协副主席，存心不愿意让我们这些火炉里烤出来的人心理平衡，煞风景地说今年夏天是有点热，但是再热，她好像也没怎么用空调。

这就是哈尔滨的夏天，瘦死的骆驼比马大，再热也凉快。哈尔滨的冬天好，夏天更好。气候不管怎么变化，哈尔滨仍然是避暑胜地，即使热，也就中午那么一会儿。即使热，不用空调也能对付过去。今年的酷暑，几十年不曾遇到，幸好南方人民有了空调，要不然，非涌向哈尔滨逃难不可。当然有一点必须说明，有空调的日子并不好过，成天待在空调房间，那感觉完全不对，仿佛被包装在真空中一样。不妨想一想那真空包装中的鸭子的感觉吧。道高一尺，魔高一丈，地球越来越热，南方城市的夏天，已经忍无可忍。一想到那种火热的天气，我就有一种抑制不住的恐惧。恐惧不仅因为怕热，而是因为窒息，担心人类居住环境的进一步恶化。太多的空调像小火炉一样燃烧着，这是火上浇油，这是慢性自杀，都以为空调是在拯救我们，不知道这是饮鸩止渴。

哈尔滨之夏曾经是个大家都很耳熟的词，代表着一个美好的时间和地点。我自然不是希望大家在夏天都去那里，花费太大，成本太高，人家哈尔滨也接纳不了。很显然，好事不是谁都能轮上，在气候方面，哈尔滨可以说得天独厚，冷也好，热也好，怎么都好。因此，你只要有可能，无论冬夏，千万不要放弃拜访的好机会，逮着一趟是一趟，机不可失，时不再来。否则只能心向往之，只能心有余而力不足。

吃不到葡萄可以有两种心态，一是坚信葡萄是酸的，一是坚信葡萄是甜的，对于哈尔滨，你采取任何一种心态都可以。

2003 年 9 月 12 日　北京时代假日饭店

望断长城

“长城何连连，连连三千里”，这是汉朝人的诗，小时候不明白历史，第一个反应就是错了，数字没算准确。万里长城，还有七千里跑哪去了。前些年去甘肃，在阳关附近见到了汉长城，感慨万千。原来记忆中，长城都是八达岭那样，由厚实的砖头砌成，高高在上，巍峨庄严，见到了汉长城的断壁残垣，才知道唐诗宋词中的那个长城，与我们今天见到的习以为常的明长城，在外形上，根本没有什么相似之处。砖砌的明城墙已经成为长城品牌的代言人，习惯成自然，大家相信它就是那个样子。

很长时间里，中国人都相信，从太空可以看到长城。后来有专家出来说话，用科学常识解释，说人的肉眼其实不可能看见。宇航员杨利伟也以亲身经历，证实太空看长城，不过是蒙人玩玩。一位政协委员因此提出建议，希望有关部门尽快纠正小学教科书中“宇航员肉眼看到长城的误说”。这似乎有了定论，可以画上句号，不用再讨论。偏偏最近又出事，美国宇航员塞尔南不甘寂寞，坚称自己曾在太空看到过长城，他的观点是“能不能看到长城取决于视力的好坏，并且要知道该往哪个地方看”。

本来已清楚的一个答案，让他这么一搅和，又变糊涂了。和杨利伟相比，塞尔南是老资格的宇航员，最后一名登上月球的地球人，虽然过了气，毕竟是当年的太空英雄，他的话别人还不能不相信。我是个喜欢胡乱顶真的人。没事的时候，心里也在盘算，太空中能不能凭肉眼看到长城，是或者不是，真成了个问题。仔细想想，塞尔南与中国非亲非故，凭什么帮着扯谎。三十多年前，他登上月球，中美还没有建交，就算是太空看到长城的始作俑者，编这么个故事，又有什么好处。人非圣贤，岂能无过。当时很可能随口一说，不排除看走了眼，就好像人是看不到鬼的，偏偏有人说看见了，本意并不是要骗人。

塞尔南得到好处是后来的事情，两年前，他开着一辆月球车，在八达岭上大出风头，终于完成了“登上在太空看到的中国万里长城的夙愿”。明白人都知道，那是为商家做宣传，塞尔南狠狠地捞了一把，有钱谁不想赚。经验告诉我们，凡事一和钱靠得太近，诚信便会打折扣。去年一个拍卖会上，塞尔南拥有的一副太空手套，以底价20万美元拍卖，结果价格太高，无人问津而流拍。我不想说他已潦倒到了缺钱花，说他是个会玩的主，知道怎么挣银子，却是不争的事实。不管怎么说，太空能否看到长城，不是什么大事，说着玩玩没什么大不了，如果现在改口，持否定的态度，这事对塞尔南来说，就有点不好办了。

2004年3月22日

盼望九七

去台湾必须在香港转机，必须去香港的“中华”旅行社办签证，这是件很麻烦的事。仅仅一个出香港机场，就让人一肚子不痛快。

必须排队，这条队都是要从大陆去台湾的人。你站在队伍里，看见不远处的欧洲人、日本人，台湾当地人，像鱼一样很顺利地从通道里溜过去，唯独大陆人得老老实实地在那排队。因为排队，人越积越多，结果你发现周围全是来自大陆的人，不一会儿，站在你身边的有福建人、有上海人、有广东人，甚至还有你不相识的居住在同一个城市的老乡。香港机场对大陆的人，似乎总有些不信任，完全是没有必要的慢腾腾。

这条队伍完全是人为造成的，香港机场显然是把一些办事最没效率的人，塞在了这个检查口上。办事员们慢条斯理地，不说是故意，但确实是不认真不像话。有一段时间甚至就不在干活。我们莫名其妙地被耽误了好几个小时，同伴中有去过台湾的，说以往比这还慢。一九九七年香港回归以后，首先应该把这些藐视同胞的公务员炒鱿鱼。

最可怜是那些带着小孩的年轻妇女，这样的小母亲真多，个别的甚至可能都不到法定结婚年龄。有的小孩在母亲的背上睡着了，口水不住地在流下来，有的满处乱跑，哇哇喊叫。一个小孩给我留下极深的印象，他孤零零站在一边，嘴上咬着一个奶嘴，毫无表情地看着我们排队的人，我们逗他，随便怎么逗，仍然无动于衷。这些小母亲显然是大陆的，小孩的父亲又显然是在台湾，我不愿意设想传说中的“二奶”，尽管她们看上去太像了。

这都是一些没什么文化的年轻妇女，一个人究竟有没有文化，有时是很难看出来的，如果一眼就能看出，说明这些人根本就没受过什么教育。文化程度高一些的女人是不会甘心做“二奶”的，做了也不会这么可怜兮兮地被小孩拴住。我不愿意去设想她们到了台湾以后可能会有的遭遇，我们让那些年轻的小母亲们插队插在我们前面，可是这没有用，缴上去的签证，乱成一团地堆在检查人员的办公室里，我们就是想做好事也不行。

谁先出关，谁后出关，这得看运气。

在“中华”旅行社

“中华”旅行社是台湾设在香港的重要办事机构，它和一般的旅行社的概念不尽相同。也要排队，也有些乱，但是和在香港机场出关完全不一样。在这里已闻不到殖民地的味道。

带我们去旅行社的是一位香港导游小姐，保养得不错，属于那种正在减肥或健美锻炼的女性。她是中间人，受台湾“中华”旅行社的委托接待我们，在机场外面等了许久。台湾和大陆两地的旅行社大概不能直接交往，因此只好让香港旅行社的小姐们赚些钱了。

我们在“中华”旅行社里见到了国民党的青天白日旗。过去都是在电影或电视上见到，这次见到货真价实的旗子，感到有些可笑。闲着无事，就研究国民党党旗，原来好像清楚的事，一研究，一争论，反倒糊涂了。这里大多数都是大陆人，也有台湾人。我不知道台湾人从大陆回去，是不是也应该在这办手续。

在“中华”旅行社，自然还能见到那些年轻的小母亲们，去台湾，民间访问反而容易，像我们这种以代表团名义去的，对方不至于刁难我们，显然要多盖几个公章。如果没有香港导游小姐代办手续，我们说不定会赶不上晚上飞台北的飞机。在大堂里唯一的一排长凳中，坐着几位要去台湾演出的上海艺术家，其中有一个是拉二胡的闵慧芬。

手续办得差不多的时候是验明正身，导游小姐把我们喊了去，柜台后面的工作人员大声念着姓名，抬头盯着你看一会儿，然后使劲盖章，就像邮局里打邮戳一样。手续办完，剩下的时间已经不多，导游小姐以最快的速度，把我们带进一家首饰加工厂，于是一大帮香港小姐用甜美的声音告诉你，这儿的东西如何便宜，是不上税的，又告诉你买给情人应该是什么，买给妻子应该是什么。

从首饰加工厂出来，导游小姐又把我们带到一家人烟稀少的免税商店，这是一家极其可疑的免税商店，里面的货色显然有不少是大陆去的，而且全是大陆的蹩脚货。有极便宜的摄像机，便宜得让人心慌，是真的也不敢买。我们一行人都是吝啬的主，在那都没掏钱，导游小姐满脸不高兴。大家都觉得不好意思。我们真应该花些冤枉钱让导游小姐高兴一下。

台北的灯光

从香港去台湾的飞机真多，像公共大巴士一样，每天有很多班。我们预定的座位出了差错，完全是机场方面的原因，结果一批人不得不分两批走，好在时间相差不过半个小时。是波音757，离我们座位不远处是一个巨大的屏幕，因为从香港去台北的时间并不长，所以也不放故事片，放很短的一个纪录片，然后就让我们看自己飞机在地图上的位置。屏幕上显示出我们飞机的高度、时速、机外温度，这种感觉很好，好像是自己在开飞机。

同机的大多数是从台湾去香港旅游购物的台湾人，台湾人有钱，香港东西便宜，于是精明的台湾人动辄就去香港。邻座的几位青年妇女显然是常客了，其中一位脱了鞋，把一只脚大大咧咧地搁在座位上，懒洋洋地看着报。只有老码头才能这么潇洒，听她们的口音，一会儿台湾普通话，一会儿听不懂的地方语，估计是闽南话。

从飞机上看台北的夜景，一片灯的海洋。台北究竟有多大，已经很难说清楚，在台北周围有许多卫星城，这些小卫星城如今和台北连成一片，从飞机上看下去，到处都是灯光，五颜六色。这是良好的第一印象，大城市的气派用灯光做了最好的注解。高速公路上的汽车在流动，流动的灯光又是一种风景。

着陆不久，我们自己便行驶在高速公路上。从机场去市中心，有很长一段路，接待我们的主人兴致勃勃地说着什么，我的注意力却不时地到了窗外。在台湾的十一天中，敷衍主人大多是团长和副团长的事情，我希望能用自己的眼睛看看台北。灯光是台北夜色中最重要的景观，是台湾繁荣的一个组成部分。沿高速公路过去，两旁灯火辉煌，越是接近台北，灯火越明亮，越光怪陆离。在路旁，有一长串的汽车商店，各式各样的小汽车放在店门口待售。台湾的小汽车绝大多数都是日本货，在灯光的闪烁下，我几乎见到了所有日本汽车制造厂家的广告招牌。

台湾是一个能源紧张的孤岛。灯光下的台北生机勃勃，如此辉煌的灯光，要消耗掉多少能源，想想也会惊讶。世界上的事情有时就是这么滑稽，要繁荣就要消耗能源，越消耗越繁荣。穷人再节省也没钱，有钱人越糟蹋越有钱，真不敢想象台北如果没有了灯光会是什么样子。

高速公路的堵车

所有的台湾人都知道高速公路上会堵车，整个西海岸线都由高速公路贯通，台湾不大，从台北去台南不过二百多公里，许多人去台南，宁愿坐飞机，免得被堵在高速公路上。

去台南是坐小车，担心会堵，早晨六点钟就出发了。是星期天，送我们去台南的朋友自己开车，刚开始很顺利，收音机里播放着蔡琴的歌，不时地报道路况，不到八点钟，我们走了已经有一半路，于是歇下来，在停车场吃点东西，喝些水。再上路，走不远，开始堵车了，这一堵，便有些哭笑不得。

前一天晚上，有个朋友来看我们，听说第二天坐车去台南，很吃惊地说："要开六个小时才能到!"当时心里十分怀疑，我已经仔细地研究过地图，这点路，有这么多时间，在大陆不走高速公路也到了。堵车前，因为已走了一半路，心里在笑昨天晚上那位朋友真会吓唬人。

我们走走停停，把脖子伸到车窗外张望，前后左右都是车。台湾当初大修高速公路的时候，没料到后来会有这么大的车流量，设计的车道窄了一些，不少地方只是两车道，即一条行车道，一条超车道，这是最原始的高速公路的基本配置。现如今，台湾有车的人太多，并不是因为出了什么车祸，仅仅是因为车太多了，从支线一辆接一辆开上了高速公路，高速公路上车满为患。交警在各个支线上设有哨卡，车太多了，便拦着不让痛痛快快上高速公路，每隔一分钟，阻挡一次，可惜还是没用。

由此想到，大陆建设高速公路，一定要吸取台湾的教训。台湾人已经为我们缴了学费，像长江三角洲这一带，经济一旦腾飞，交通必然是个大问题。这日子显然不会太遥远。事实上，我们到台南，果然像预料的那样，整整六个小时，回来时也一样，总是会碰到肠梗阻的地方，由此想明白为什么台湾人宁愿坐飞机，也不肯在高速公路上浪费时间。

台湾高速公路上的收费站真不少，每三十公里就有一个，收费小姐戴着大口罩，以极快的速度服务。每次都是四十台币。如果遇上不堵车的好时光，感觉这些收费站几乎是连在一起的。我们在高速公路上常常听见同行惊呼：

“怎么又要收钱了!”

在台湾开车

有一天晚上，一位快七十岁的老人开车送我们，车开得很潇洒，老人吃准高速公路会堵车，便走小路。台湾人开快车开惯了，走小路，速度也减不了多少。我们心惊胆战，夸奖老人的车技，老人得意，说在台北要能开车，在全世界都能开。

在台湾开车，真是件了不得的事。先说摩托车，在台湾的公路上，许多车道写着“禁行机车”，所谓机车就是摩托车。台湾的摩托车相当于大陆的自行车，多得泛滥，大多数都是气盛的年轻人。这些摩托车在大街上呼啸而过，尤其是绿灯刚亮起来的那一刻，一辆辆像脱了弦的箭一样，在汽车的间隙中钻过来，穿过去。台湾曾经也公布过不戴安全帽不许骑摩托车的条令，但是这些条令最后不了了之。或许是台湾太热，安全帽戴在头上，受不了，法不责众，大家都不戴，政府也没办法。

台湾的车速真快，行人得自己保重自己。有一天，我和一个朋友过街，朋友突然一路小跑，穿过人行道，我犹豫了一下，绿灯说没就没了，汽车十分凶猛地便向我冲过来。我逃上一个不能再小的安全岛，在机器的怒吼声中，不明白自己犯了什么错。在台北过大街真不是件容易的事。

台湾的车祸显然是多的，电视上屡屡报道，每天都会死人。常有那些开快车的疯子，为了制裁这些疯子，高速公路上有巡警，是地方就有警车，有暗哨，躲在隐蔽的地方用测速器监视，天空上还有直升机巡逻，但是这种种手段都没用。我们在公路上行驶，经常遇到那些被拦下来罚款的车主，不一定都是年轻人，也不一定都是小伙子，我们就曾看见一位很时髦的女郎，从一辆“宝马”中给活生生地拉出来。

道高一尺，魔高一丈，开快车也会成瘾，有人专门设计了一种反测速器，这玩意在雷达对你进行测速的时候，会有反应，于是你可以准确地判断自己是否会被警察捉住。在高速公路上堵车，你还会看见有些车会不顾一切地从应急道上冲过去。这是绝对不允许的，因为不允许，才刺激。

在台湾很少见到自行车，我曾见到“捷安特”专卖店，感到很熟悉，终于想明白大陆的“捷安特”牌的自行车很多，尤其是女中学生爱骑。

街头的野狗

在台湾街头很少见到人，这是一个很奇怪的现象。高速公路边上看不到人不奇怪，可就是在普通的省道、小街，甚至人口十分稠密的住宅区，仍然见不到什么人在行走。台湾人不是在汽车里，就是在房子里，台湾人似乎不太愿意在户外消磨时光。

台湾街头的野狗多得让人摸不着头脑，在台北的第一个清晨，天刚亮，我站在八楼上往下看，只见马路当中有两条狗在闲荡。我们住在离市中心不远的地方，产生的第一个想法，这肯定是人豢养的狗，不过看上去不太干净，不像什么名犬，比在大陆见到的差远了。以后屡屡在街上见到狗，十分悠闲地走着，感到奇怪，问本地人，说这都是无家可归的野狗，立刻觉得吃惊。

台北街头上见到的狗，就和在大陆乡村里见到的差不多，大都是草狗，见多了，偶尔也有些名牌的狗。当地人告诉我们，这都是那些养狗的人，玩了一阵，不想要了，又舍不得杀了吃肉，便扔到了大街上。离开台北，到处可以见到悠悠来去的野狗。越是到风景名胜处，这样的狗越多。狗是有灵性的动物，要想把它们遗弃，也不容易，于是就带出去玩，带到离家很远的地方，玩个简单的告别仪式，那狗也就成了野狗。

台湾的野狗性情温顺，不怕人，也从来没有什么人呵斥野狗。人不犯狗，狗不犯人，大家和平相处。在西海岸的海滩边，我曾看见有九条大小不等的野狗，在不到五十平方米的风景点上休息，有一半是癞皮狗，其中有一条狗只有三条腿，它的一条前腿已经被汽车辗断，走路时的可怜模样，看了让人心痛。在汽车上，我还看到过一条病狗，全身的毛已经掉得差不多了，白乎乎脏兮兮，惨不忍睹。这样的狗，很可能是得了病以后被主人遗弃的。

晚上看电视，说野狗已成为交通的公害，野狗常常造成车祸。那天去台南，便在公路上见到被压死的野狗尸体。野狗在公路上乱窜，不仅有自己被撞残撞死的危险，而且极容易造成驾驶员的惊慌失措，有好几次车祸，就是驾驶员不忍心撞到狗而出了事。

还有一个潜在的危险，台湾人似乎没注意到，这就是出现疯狗怎么办，狂犬病可不是闹着玩的事。

走进厕所

台湾的公共厕所看上去都还干净，有一次我走进一个厕所，好半天没有出来，结果同行十分惊慌，站在厕所外边大声叫我。从厕所里出来，上了车，我谈到自己在厕所里干了什么，大家都觉得有意思。

我说我在厕所里欣赏厕所文学。

台湾有不少厕所，里面都贴有一种公益广告性质的卡片。文字带有趣味性，譬如提醒人别忘了冲洗，便写着“匆匆而来，冲冲而去”，又譬如怕弄脏了地面，写着“走近一点，对准一点”，这种无伤大雅的文字，看了让人会心一笑。

还有健康方面的用语，告诉人们小便对肾脏的好处，用一个很大的惊叹号提示憋尿可能生病。

最让人流连忘返的，是那些生意火爆的酒店的厕所。一个厕所里，有个巨大的呕吐桶，专供喝醉者方便。桶上方的一条小标语已经被揭走了，我估计那内容一定精彩。因为在这个厕所里，各式各样的小纸片，多得让人眼花缭乱。

单身女郎休闲定律：工作＋娱乐＝人生（娱乐≠男人）

单身男人心理学须知：任何女人一生的年龄都不会超过四十岁，任何未婚女郎的年龄都必须减半。

厕所简直就成了恋爱教育学堂，大有趁男士们到此方便之机，临时抱佛脚地上一课的意思。在这样的酒店，自然是男士付账的，于是有必要给男士一个提醒，不要被表面的假象冲昏头脑：所有的爱情都是骗局，所有的婚姻都是结局。

爱情是什么，就是逼你上礼堂的东西。

台湾人结婚不说上教堂，说是上礼堂，有张纸条赤裸裸地说：想和情人结婚拼命说情话，想和情人分手拼命说实话。

我用笔随手抄了若干条，一路上，高兴时，便出卖一条。结果同行兴致勃勃，上厕所便到处找，男女厕所之间互通情报。在台湾的厕所里，很少见到那种色情文字，唯一见到的地方，是偏远的一个停车场，我在这见到了淋漓酣畅的下流文字，还有一幅画了不久的色情画面。

大学的食堂

一个地方，只要是大学，总能给人留下些好印象。大学生总是生机勃勃，充满了青春活力。我们在台湾，住在“国立”师范大学的校友楼，楼下便有学生的食堂，我很愿意能和学生们一起进餐。可惜我们在这吃饭的机会太少了，一共两次，一次是中午的便餐，还有一次是晚上的宴。

只好自己去观察，看别人吃，看食谱菜谱，研究价格。学生在这吃，一个人的起价是七十台币，合人民币二十几元。台北的物价贵，因此学生在这吃，要比街上便宜。在台南的成功大学，我们也参观了学生食堂，那食堂真大，菜比“国立”师范大学的还要好，价格更便宜，只有四十台币。像吃肯德基那样，一人一个大盘子。唯一的缺点是要排队，学生到时候都来了，一边说笑，一边等候，排队等吃饭正好是个调情的好机会。

大学附近有许多餐厅，很多学生都不在学校食堂吃，大家宁愿贵些，在外面享受上馆子的感觉。吃饭之际，大学周围的餐厅热闹非凡。一位教授告诉我们，现在大学的食堂难办，因为学生的嘴太刁了，不好侍候。在外面上馆子很浪费时间，但是现在用功读书的学生并不多，浪费一些时间根本不在乎。台湾没什么自行车，很多学生都骑摩托车。这些学生可以在学校附近吃，也可以开着摩托车去很远的地方。

台湾的年轻人属于敢享受的一代，不把钱当回事。那种“占星问情”的把戏很流行，在餐桌上，常常可以见到对不同月份出生的人的免费服务，譬如对“巨蟹座”的人的提示——

约会好去处：街上。

事业运：照着自己的直觉走，若有任何灵感涌现，不妨照着做。

恋爱运：多注意装扮，本月你会在街上无意中邂逅理想对象。

开运法：不要一味自我表现，会遭排斥的，多参加团体活动是开运重点。

台湾的男生只要身体没问题，上大学也好，不上大学也好，到日子就得去当兵。新兵每月有近三万台币的零花，但是那些公子哥们还要指望家里寄钱，台湾的老人提起这些年轻人就叹气。

真应该给台湾年轻人上上勤俭节约这一课。

教授的家

教授在台湾是个提到了便让人羡慕的词，教育界人士的收入不算低，一位刚工作的私立职业学校的年轻教师，月薪三万元，加上超课时费，每月进账五万元不成问题。问一位私立学校的教师，他们的就业有没有保障，董事长是不是随时可以炒他们鱿鱼。答案是炒董事长鱿鱼可以，教师不可以随便被辞退，因为他们受到教育工会的保护。私立学校的工资比“国立”学校略低，但是好处是有超课时费。教师的福利总体来说不错，许多风景点都有教师会馆，放假时，教师全家出去旅游，住教师会馆只收半价。

如果是大学的教授，自然就更阔了。不过也得看什么教授，我们曾经遇到过一位，月薪是六十多万台币，老先生讲一次课，报酬便是一万。我始终没弄清这人是什么方面的教授，反正是教公共关系或者市场经济之类的。台湾教育界的情况和大陆有些仿佛，一些实用性质的学科最吃香，捞钱也最容易。

越是名牌大学的教授收入越高，台湾仍然保持“中央大学”和“清华大学”的老字招牌，这是国民党一九四九年逃往台湾时带去的，现在还是名牌。台南的成功大学是台湾土生土长的大学，也是台湾著名的大学之一。台南是台湾的第二大城市，成功大学在台湾“国立”大学中的位置，排得很前，大约可以进入前三名。

我们去了成功大学的一位教授家，这位外文系的教授，教英国文学和日本文学。是那种跃层似的公寓，上下两层楼，总面积大约两百平方。几年前买了下来，价格五百多万台币，室内装潢不豪华，给我留下最深印象的，是紧挨着灶具的一张长餐桌，布置得像一个工作台，又有些像酒吧间的吧台，做好饭菜，一转身，就可以吃。这是一种对吃不怎么讲究的摆设，简单而且实用，尤其适合吃西餐吃快餐。主人向我们介绍这张桌子的时候，随口告诉我们，他的家对吃一向很马虎。长餐桌上堆放着各式各样的杂志，说明主人有一边吃东西，一边看书的习惯。

台南很热，大多数的房间都装有空调。这是一个三口之家，看上去很空。可以想象，在这套公寓里，大家各不干扰，都在自己的空间和时间里，干自己的事。有一点我没想明白，就是这位教授的藏书并不多。

书店浏览

到了台湾，自然要浏览书店。台湾的出版社之多，数不胜数，但是书店并不多。有些书店，只是在商场里租了个小柜台。品种也不多，只要有可能，凡是书店，我必要进去，遇到书摊，一定要溜一眼。所见到的书目，大同小异，台湾最好卖的，看来是谈命运的书，从简单的算命测字，到浅显的人生哲学、通俗读物，应有尽有。那种可供成人阅读的连环画，显然也受到读者青睐。有一次，街上见到了一家灯火明亮的“阅览室”，见有不少人坐在里面，便一头闯了进去。结果发现里面坐着的老老少少都在聚精会神地读连环画，有武侠的、有科幻的，还有些甚至是色情的。

台湾的文学并不景气，经济繁荣和文学繁荣，两者之间没什么必然联系。文学作品没什么人买，在台湾是个简单的事实。有一类书在台湾也能畅销，这就是纪实文学，那些关于名人私生活的小册子，特别是那种带有些黑幕性质的著作，让出版商很好地赚了一把。人在哪都一样，都会莫名其妙地喜欢那些胡编乱造的假真人真事。

朋友带我去台北最大的一家书店，那书店简直就是家商场，面积很大，装潢也极漂亮，十分轻易地就可以消磨掉一天时间。这是带有综合性质的书店，颇有些像我们的文化图书市场，各出版单位出版的图书都送到这来集中，来展销，品种之多，让人目不暇接。在这里，我看到了许多大陆作家的作品，也看到了自己在台湾出版的十本书。在其他书店，书刚上市时，才能见到，时间一长便在书架上自然消失。

在台湾买书，要学会看书目，你要买的书，只要书目上有，就算是缺货，营业员也会帮你打电话向出版社索取。一般来说，第二天就会送来，你只要先付定金就行。台湾的书价很贵，出版社给书店的折扣也低，因此只要能成交，利润当然也丰厚。台湾的书价大约是大陆的五倍，不算厚的一本书，基本定价都在一百五十台币。

很多人都抱怨现在大陆的书太贵了，进到台湾的书店，花钱想买看中的书，便想到大陆的书还是便宜。这些年，大陆的书一直在涨价，比股票的行情好得多，从保值的角度看，现在多买一些书还是值得的。

台北中山纪念馆

台北中山纪念馆为纪念孙中山先生而建，修得很漂亮。到了台湾，此处自然应该晋谒一下。

值得说一说的，是我们受到了馆长的接待。馆长是个年轻人，很有些官架子，一看就是仕途得意。听说是大陆来的作家代表团，很热情地把我们请进了馆长室。他的开场白让人有些哭笑不得，说他很高兴能见到来自大陆的同胞，“因此决定亲自出来接见大家”。这话要是别人说还行，或者我们出于客气，这么说也是合适的，馆长说自己亲自出来接见什么人，咬文嚼字的作家们听起来，似乎有些不得体。我们代表团的团长好歹也是大陆部级干部，这么说话有些托大。

馆长显然不是存心无礼，只能算用词不当。在台湾，会很轻易地发现，他们离传统文化，比我们走得更远。在年纪大的人身上，可以见到许多和我们父辈差不多的东西，在年轻人那里，已经有许多不一样的地方。台湾人真诚，在告别宴会上，有个人很热情地走过来，送给我们一人一件礼物，包装很漂亮，上面印有“花花公子”的品牌。都以为是很贵重的东西，回去打开一看，竟然是块肥皂，当时都笑了，说怎么可以送这样的礼物。

按照大陆人的想法，不送完全可以，且不说大家彼此也不认识，就算是熟悉的朋友，空手见面也不算失礼。送一块肥皂，总觉得有些话不好说。我们一行中，有经常去欧洲的，他们说这不奇怪，说一位很有钱的欧洲朋友送礼物给他，有一次居然就是宾馆里的肥皂。这好像春节联欢会上的那个小品，托人办事，为了表示感谢，便把宾馆里的牙刷送给人家。

中国传统文化中，有一句老话，千里送鹅毛，礼轻情意重。这情意二字如何为重，是个说不清楚的话题。我们习惯于要得体，要合适，仿佛如此就是有修养。其实有时候出些格，缺少一些旧的修养，也没什么大不了。“尽性”本来就是中国传统文化中的一个重要组成部分，能不考虑后果，能不在乎，这就挺好。什么叫尽兴，想怎么就怎么，就是尽兴。一个人说什么话，送人什么东西，不仅仅是为了别人，让别人高兴，有时候也得想想，得为自己，要让自己高兴。为了得别人的体与合别人的适，想得太多，结果经常是死要面子活受罪。

看高山人表演

台湾的高山人真应该很好地感谢邓丽君，大家都听过她演唱的歌，“阿里山的姑娘美如画，阿里山的少年壮如山”。阿里山人就是台湾高山人，大老远地赶到东海岸城市花莲，一个很重要的节目，就是看高山人表演。

观看高山人表演，是当地的一个很重要的旅游项目。在花莲附近，有许多土著村落，搭起了简易的大棚，每天晚上八时开始表演。显然是和各个旅游单位有默契的，旅游大巴士到时候就开来了。我们那天到花莲，匆匆吃了一些东西，赶到表演棚的时候，节目已经开始。表演毫无陌生之感，少数民族的舞蹈，在我这种外行来看，有许多相似的地方。舞蹈语言也极其简单，说穿了，这种舞蹈都应该是自己跳着享受的，属于自娱性质，不应该是表演给别人看的。因为是以村为单位，不可能挑出那么许多美如画的姑娘来，结果在场上表演的，有几位已是半老徐娘。好看的姑娘大概都去干别的事了，在场上表演的绝对有凑数之嫌。小伙子们也极瘦，个子都不高，大多数看上去还像是个孩子。

导游自然是把这样的表演说得如何好，为了吸引游客，导游偷偷地向大家透露阿里山姑娘如何大胆，如何开放，甚至还告诉我们，阿里山姑娘在换演出服装的时候，可以免费让大家观赏。所有这些都是导游的小手段，要不然在这些土著文化村的停车场上，不会有那么多的旅游车停在那。

表演的高潮在最后，阿里山姑娘演绎结婚仪式，从观众中硬拉两位新郎下去。然后就是闹新房，招呼在场的观众一起下舞池，与阿里山的姑娘和小伙子一起联欢。突然从后场冲出几位手持相机的快手，噼里啪啦拍照，音乐声久久不断，闪光灯不停地闪着。是那种一次成像的照相机，拍照的人绝对熟练，拍一张，抽一张，往旁边的箩筐里一扔，不一会儿就大半箩筐。速度之快，让人根本反应不过来。终于音乐声没有了，开始收钱，每张照片，最低价是一百元，只要有你的尊容，你不会好意思赖账。

这里小卖部里的东西不能买，价格要比外面的贵出一倍，而且绝对没有你在其他旅游商店见不到的。导游和这些小卖部的人没什么业务关系，也劝我们不要上当。

为难的购物

想在台湾购物，必然感到为难，像我们这种团体活动，很少有属于个人的购物时间。在台湾的前几天，总是不停地参观座谈，我甚至没机会花一分钱。记得第一次用钱，是花了十块钱，在一家公园的自动售货机上，买了一罐鱼食喂鱼。

台湾的生活水平高，物价自然贵。据介绍，台北的物价仅仅低于日本的东京。因此，来台湾地区旅游的日本游客，常常最舍得用钱。大陆人在此消费，感到阮囊羞涩一点儿不奇怪。在台北市中心买一个车位，要二百万，也就是说买一个停车的地盘，其价格可以买四辆很不错的小汽车。台湾人的确是有钱，台湾人没有钱，真没办法活。

在厕所里买一小包手纸也要十块钱，坐的士得一百出头，一旦开始用钱，就别指望省钱。反正也不打算把手头的台币带回家珍藏，更多时候是集体行动，逮着了花钱的机会，大家像得了传染病，不管三七二十一，纷纷掏钱。我买东西，向来是跟着别人走，这最省事，大家买我也买，管他好不好，管他贵不贵。台湾营业员十分客气，在其热情款待下，有时候不想买的东西，也就买了。明知道买了没地方放，行李已超重，一念之差又买了。

在后来，购物时间几乎都被导游控制，包了一辆旅游大巴士，身不由己跟着跑。导游每天都把我们带到不同的购物地点，这些购物地点有时在小镇上，有时干脆在前不靠村后不着店的荒郊野外。一个人在外地购物，通常是离回家日子越近，购物的欲望也就越强烈，越不负责。明知道导游带去的地方，买东西会上当，人到这份上，也不怕上当。再不上当，就没上当的机会了。

大家一起购物，一起讨价还价。同样的东西，照例是谁先买，谁倒霉。有时候你在这个店里买了，到下一个店去比较，却发现贵了许多，或者便宜了许多。于是一会儿高兴，一会儿大呼上当。旅游商店里笑容满面的小姐，一个个都是说服顾客掏钱的高手。导游小姐也在一旁唆使，弄得你很不好意思，你若是说太贵了，身上的钱不够，导游小姐马上就说她愿意替你垫上。司机也加入，做说服工作，我们的司机喜欢嚼槟榔，他说话的时候，红红的槟榔汁看上去有些骇人。

时间之差

不出远门绝不会想到时差问题，有机会去莫斯科，知道要坐八个小时的飞机，心里就打小算盘。飞机一小时飞很远很远，八个小时的距离多少，一时算不出来。我这人在算数字方面有障碍，飞机下午六点钟起飞，掰手指算半天，怎么算，到莫斯科也该是晚上，是半夜。飞机向西飞，先往内蒙方向，然后进入蒙古，然后俄罗斯的境内。苏联虽然解体，今天的俄罗斯仍然是世界上领土最大的国家。我的年龄已经过了四十岁，只要登上飞机，就忍不住产生一种观看舱外风景的童心。

正是斜阳西下，天上浮云似白衣，斯须改变如苍狗，放眼望去，一片金黄，脚下大朵大朵不同颜色的云彩，往不同的方向看，有不同的效果。夕阳无限好，只是近黄昏，人们印象中，黄昏所以美好，和它的短暂分不开。在飞机上用了两次餐，喝了许多杯水，自然也上了几次厕所，还看了两部半电影，两部好莱坞，半部张艺谋的新片《有话好好说》，放一半，飞机已到莫斯科上空。我不喜欢飞机上的投影电视，也许眼睛不太好的缘故，总觉得不清楚。

为打发时间，没完没了地观看舱外景色，透过淡淡的云层，可以看见下面光秃秃的大地，是草原还是沙漠，说不明白，也许是成片的麦子。飞机飞得太高，看什么都隔着一层朦胧。凭自己那点半通不通的地理知识，下面应该是西伯利亚，随着湖泊水面的增多，是西西伯利亚。记得第一次在地图上看到西西伯利亚几个字，产生的错觉是印错了，多印了一个“西”字。

让人惊叹不已的是直到飞机降落，天仍然没有黑。从北京出发，太阳准备落山了，空中飞行了八个小时，红日还挂在西边。过去八个小时，我们一直在和太阳比速度。这是一种非常奇妙的感觉，坐地日行八万里，巡天遥看一千河，熟读毛泽东诗词的一代人，想来还能记住这两句诗。

也许平时不在乎时差，真和时差发生了联系，才突然意识到宇宙的无穷，时间的无情。从飞机上往外看，不止一次看到别的飞机从旁边飞过，闪着银光，仿佛射出去的炮弹。时间之差只是个简单的时间问题，坐在家里，不太会想到时光正在飞快流逝，我们都以为自己静止不动，其实错了。

1998年10月14日

俄罗斯的中国人

俄罗斯有多少中国人，说不清，仅仅是莫斯科，说出来就吓人一跳。有人说了一个最新的统计数字，我当时惊叹了一下，转身就忘，反正是多少万多少万。莫斯科街头遇到黑头发黄皮肤的中国人，不是什么稀奇事。我们乘坐的是中国国航的班机，差不多都是中国人，很多老油条乘客，一上飞机，忙着到后排去找空座位睡觉。空着也是空着，在天上享受卧铺，何乐不为。

住的宾馆叫“人民宾馆”，号称三星级，楼很高，所谓“人民宾馆”，其实只是中间的两层，精明的中国人包下来做二房东，专门做中国人的生意。办法确实不错，你住在这，说中国话没问题，记住电话号码，在大街上丢了自己，打电话回来，接电话的小姐也和你说中文。

每张床位二十八美金，不贵，也不能算便宜。莫斯科有很多这样的二房东，二房东的存在，说明中国在俄罗斯流动人口之多。圣彼得堡也是这样，有些二房东互相间还有连锁关系，想去别的城市旅行，他很乐意帮你联络。在火车站，二房东们也会很热情地拉客，互相说别人不行，说自己的旅馆有什么优势。我们住的宾馆最大优势，离跳蚤市场近，步行走过去，十分钟就可以到。

俄罗斯的中国人，对观光客来说，是一个完全陌生的部落，一个有些奇怪的群体。在莫斯科待了许多年的朋友说，要想了解这里的中国人，起码得生活一年，故事太多了，说出来，绝对比《北京人在纽约》更精彩。

朋友的话让我不敢冒昧奢谈，要说也只能谈一些粗浅印象。中国人在哪还是中国人，譬如嗓门大，在地铁里，听见有人大声嚷嚷，十有八九是我们成群结队的同胞，可能说上海话，可能说北京话，忘情忘形的声音，常引得同车厢的俄国人回头。大约国内噪音污染的缘故，平时说话扯嗓门，习惯成了自然。

中国人在这住久了，看不惯刚从国内过去的同胞。他们独来独往，一个个非常乖巧，在街上走路极快，仿佛怕别人打劫。毕竟生活在别人的地盘上，很多中国人都想在这做生意发财，机会远不像想象得那么多，竞争也激烈。俄罗斯的中国人在街上走得快，还有一个原因，可能是俄罗斯太冷，寒冷是一条很凶恶的饿狗，中国人不像老毛子那样抗冻，在大街上想不快走也不行。

1998 年 10 月 14 日

落地签证

俄罗斯的中国人一提到落地签证就摇头，我也是很久才弄明白什么叫落地签证，简单而且形象地说，有些像“文化大革命”中的申报临时户口，你到某个城市，首先要做的事就是办落地签证。

所有在俄罗斯的外国游客都像四类分子，如果不办落地签证，逮着了就罚款，就拘留。我不明白俄罗斯人为什么那么不喜欢外国游客。苏联已解体，超级大国的派头却还在，这是一种典型的苏联社会主义特色。俄罗斯的巡警特别喜欢关照中国人，在俄罗斯的中国人不时地会提醒你留心护照和落地签证，这两样东西没带，随时随地会遇上麻烦。

落地签证显然是一种多余的烦琐，你到了莫斯科，要办落地签，然后去圣彼得堡，也要办，从圣彼得堡回莫斯科，还得办。落地签证为两种人提供了机会，一是二房东，还有一个是警察。二房东和警察熟悉，由他们代办又快又省事。这是一种典型的开后门，当然不会白办，俄罗斯的警察在廉政方面多少存在着一些小问题，具体收多少钱只有天知道，反正只要是盖过章就行。落地签证成为街上巡警的一项福利，熟悉此中内情的朋友告诉我，巡警之所以喜欢找中国人，是因为中国人的方式最实惠。

中国人在违规的情况下，一被逮住，立刻老老实实地用小费打发。有钱能使鬼推磨，很多已经超过签证日期的中国人，实际上成了黑户，过期护照等于废纸，想不认罚也不行。黑户根据法律应该拘留，应该遣送。敢当黑户，通常是那些会说几句俄语，熟悉俄罗斯国情的中国人，这些人会找借口说忘了带护照和落地签证，然后就掏钱认罚，认罚而且不要收据，不要收据的罚款，很轻易落入巡警腰包。花点钱，总比关起来坐牢好，真在莫斯科混油了，有没有护照和落地签证，不是什么事。

据说俄罗斯的巡警罚款，颇有诗人气质。俄罗斯人，到双休日，穷人富人有钱没钱，都得去郊外。很多俄罗斯人有乡间别墅，那种很漂亮的木房子，蘑菇似的竖在田野里，竖在森林旁。有的巡警一到周末，就上街找中国人赚点小外快，或替情人买束花，或为自己买瓶啤酒喝，见好就收，有些截获便摆手，绝不过分。

俄罗斯人即使搞腐败也渗透着一种憨厚，他们有自己的游戏规则，心不会太黑。

1998 年 10 月 15 日

地铁世界

莫斯科的地铁据说在世界上还不能算老大，记得电视上曾看到一则报道，多少年后，北京的地铁将达到三百公里长，这数字很惊人，和莫斯科地铁相比，仍然还是小巫见大巫。我这人不记数字，与不能记住俄罗斯有多少中国人一样，莫斯科的中国朋友说的几个数据，诸如每天多少流动人口，运行量最大时可以达到多少多少，到晚上写日记，全忘了，就记得一个多。

莫斯科的地铁是一个世界，四通八达的地铁，把巨大的城市有效地联系在一起。不认路的中国人上大街，只要记住自己住的地方，靠哪个地铁出口处近，不愁找不到家。莫斯科和中国大城市的区别在于，中国讲究东西南北，天圆地方，城市格局基本上是方正，如果是都市，这种特征尤其明显，而莫斯科则是呈环状，特点是以一个基本点为圆心，向四处环形放射，不断开拓扩张，有些像射出去的阳光，不像中国要么东西，要么南北。

莫斯科的地铁像一张巨大的蜘蛛网，这是城市建设一步到位的典型范例，很多地铁线，早在二次大战爆发之前就已经完工。莫斯科地铁建成的历史，可以写一本很厚的书，这里有苏联社会主义的义务劳动，也有劳改人员的辛勤血汗，在当时既是城市发展的需要，也和战争来临前的备战分不开。

经过很多年持续不断的努力，莫斯科终于拥有了世界一流的地铁网络。地铁是一扇了解平民生活最好的窗户，在这，见到的是真正的莫斯科市民。地铁是城市的血管，人流在这样的血管里涌动，正是因为有这样的涌动，你感觉到了城市的心跳，感觉到了它的生命活力。

地铁还是最好的公交专用线，因为有地铁，价格便宜，老百姓的生活得到了极大方便。莫斯科人拥有一辆小汽车，算不上什么奢侈，但是就算有车，也不如坐地铁实惠。地铁是地道的为人民服务的产物，俄罗斯很冷，地铁冬暖夏凉，不经意地就能在这遇上乞丐。

俄罗斯是一个喜欢阅读文字的民族，在地铁车厢里，几乎每次都能看到有人在阅读，读报、读小说，莫斯科人在公共场合总是显得很有文化。

1998 年 11 月 6 日

俄罗斯人的肾

莫斯科街头很少看到公共厕所，我对厕所有一种特殊兴趣，熟悉的朋友都知道我为此写过一篇小说。心里有疑问，忍不住就提出来，向生活在俄罗斯的中国朋友进行咨询，得到的答案是俄罗斯人的肾比中国人好，换句话说，老毛子憋尿能力比我们强。

街头闲逛的时候，反复琢磨着朋友的话，俄罗斯人个个身高马大，或许真是肾好的缘故。我不知道老毛子做不做回春壮阳药之类的广告，中国人说一个人肾好，暗藏着一层别的意思。不过，按照我的傻想法，与其说肾好，还不如说饮水习惯不一样。

中国是茶叶的故乡，喝茶是人生中大事，早晨起来皮包水，灌了一肚子的好茶下去，不频繁上厕所根本不可能。世界上的人其实都差不多，我注意到了一些不是很雅观的镜头，在莫斯科的航天纪念塔广场，一个老头光天化日之下，就站在马路边堂而皇之撒尿，一辆接一辆的汽车从他身后呼啸而过。

莫斯科人就地解决个人问题，看来从来就不是什么问题。只要细心观察，常常可以看见有人从路边的树林钻出来，男男女女，老老少少，什么样的人都有。想一想就明白了，莫斯科差不多四个北京那么大，到处都是绿地，是树林或森林，是国家公园，回归自然多好，费那么大事干什么。

莫斯科人要比我们思想解放得多，在公园里划船，心血来潮，女孩子脱去外衣，穿着胸罩和三角裤便下河游泳。在路上走，听见路边的树林里有女人说话的声音，看见年轻漂亮的小姐刚刚方便过，慢慢地走出来，完全用不到大惊小怪，没有人会觉得这样做有伤风化。说穿了只是一个简单的环保问题，在莫斯科，由于绿地太多，人口密度小，人的秽物不仅谈不上什么污染，而且可以直接成为肥料。我们有时候会自以为是地讥笑城市像农村，有时候真能像农村反而是好事。

在我们可爱的国度里就不行，大家动辄抱怨街头的厕所太少，但是换个角度想想，厕所太少的根本原因，还是人太多。人多会带来一连串的处境为难。满大街造厕所毕竟不是事，厕所少了人又不方便。真羡慕莫斯科人，天高任鸟飞，海阔凭鱼游，人家是有本钱，禁得起糟蹋，换了我们的城市，如果是地方就放肆，后果不堪设想。

1998年11月7日

俄罗斯人的自信

俄罗斯人有充分的理由自信，他们打败了希特勒，把坦克一直开到柏林。二战的胜利足够回味好几百年，一个俄罗斯老太太谈到反法西斯战争，说我们怎么样怎么样。一位中国学者套近乎插嘴，说中国在二战中也属于反法西斯阵营，老太太愣了愣，撇嘴说你们不一样，我们牺牲了四千万男人，都战死的，你们呢。

中国学者绘声绘色地描述了这段话，我心里感到一种说不出的滋味。在俄罗斯，作为过路的一个中国人，不难发现这个国度显然的不景气，卢布在不断贬值，到处可以见到乞丐，大街奔驰着破旧的国产车，一路开，一路丁零哐啷乱响。俄罗斯人对现实的不满，不加掩饰地都写在脸上。一位出租司机在聊天中说，今天的俄罗斯男人，平均寿命减少了五岁。

我不知道减少的这数据如何得到，从出租汽车司机身上，不难感受到他的怨气。从经济状况看，他的收入还不算最糟糕，很多俄罗斯男人因为看不到前途，都酗酒。中国的人口问题是太多，俄罗斯却相反，人口正在减少。俄罗斯究竟怎么了，一个世界上能源最丰富的超级大国，一个在二十一世纪中曾经那么有所作为的社会主义国家，何至于一下子就潦倒到了这一步。看到成片荒芜的土地，没人耕耘，再联想到欧洲和美国竟然要向俄国人提供食品援助，很多事真想不明白。

说俄罗斯人就此失去了自信心，却不对。就算到今天这一步，俄罗斯人仍然放不下超级大国架子。国际事务中，他们不会放过任何一个指手画脚的机会，在国内，对外国人也谈不上多友好。俄罗斯人对开放旅游显然不像中国人那么热心，外国人办入境护照非常麻烦。有一种说法，中国的劣质商品严重伤害了俄罗斯人，因此对中国人特别不喜欢，请教了有关专家，才明白深层次的原因并不在这。俄罗斯人看不起亚洲人由来已久，现在的年轻人，很容易受当年的纳粹影响，据说街头的光头党就崇拜希特勒。

一个人自信受到挫折，容易产生不太健康的东西。经济萧条是个病态的脓包，常会淌些让人作呕的汁水。针对亚洲人的暴力时有发生，受伤害的不仅是中国商人，还有访问的学者。以此为鉴，俄罗斯的安定繁荣，对自己对世界，都显得至关重要，对于年轻的一代人来说，只有自信没有机会，远远不够。

1998年11月8日

神圣的婚姻

中国人对婚姻的态度，在一开始就和西方不同。我们的婚姻是父母之命，媒妁之言，西方却归结为上帝的意愿。从婚礼的态度上也可以看到差别，虽然我们也是学西方，穿西服披婚纱，有伴郎伴娘，拍很贵的一套结婚照片，然而结局大都是老一套，人凑齐了猛吃一顿，中国式的婚礼永远离不开“热闹”两个字。

在俄罗斯见到的婚礼，留给我印象最深的，是它的庄严和神圣。俄罗斯人在性观念上面，要比中国人开放得多，电视台到了十二点以后，会公然播放那种我们称之为色情的节目。据说俄罗斯人在婚前比较随便，未婚同居，认识不久便上床，算不了什么大事。

俄罗斯是一个介于西方和东方之间的国家，婚姻态度是纯西方式的。我们去俄罗斯显然是好日子，只要出门，天天能遇到婚礼。阳光灿烂晴空万里，在蓝天的大背景下，一对对新人不时出现在面前，使得我们在俄罗斯的旅行变得喜气洋洋。俄罗斯人把婚礼看得很隆重，很神圣。通常在人多的广场上进行，譬如在红场，在彼得堡夏宫的草坪上，新娘披着洁白的婚纱，新郎穿着黑颜色西服，一尘不染。我们通常理解的隆重是热闹，可是俄罗斯人的隆重是安静。

远远地，新娘新郎在人群的簇拥下走了过来，静静地，听不到一点儿喧闹，大家停下来，站在有纪念意义的地方准备拍照留念。人很多，新人和亲朋好友不急不慢等候行人散开，然后从容取景，然后闪光灯噼里啪啦闪亮，从开始到结束，一切都显然非常平静从容。俄罗斯人的婚礼宁静庄重，让我联想起电影上见到的西方人的葬礼，共同点都是突出一种无声效果。不像我们中国人，最怕别人当自己是哑巴，逮着了机会，不管高兴还是悲哀，一定痛痛快快地喊上几嗓子，把声音弄得很响，很过分。

曾有幸和一对新人合影留念，翻译表达了这愿望，他们很高兴，对我们频频点头示意。人逢喜事精神爽，不相干的路人见到我们站在一起准备合影，纷纷拿出照相机。这些画面都是无声的，在这时候，如果大声说话，便是一种极大的无礼。入境随俗，我们受其影响和感染，要说话都是耳语，就是向新人以及他们的亲朋好友表示祝贺和谢意，也得压低了喉咙。

1998年11月8日

红　颜

俄罗斯的姑娘几乎都是美女。把女人比喻成鲜花，最平庸最偷懒。俄罗斯的姑娘像春天里的鲜花一样盛开，在这个国度里，选美显然失去意义。钱锺书先生在《围城》中说到俄罗斯女人，说她们要么非常漂亮，要么特别难看，这评价眼见为实，还真是那么回事。无论美和丑，俄罗斯女人身上都显得淋漓尽致，美也极端，丑也极端，反差真是那么大。

一方水土养一方人，也许食物缘故，在俄罗斯街头行走，常有一种说不出的感叹，俄罗斯女人年轻时倾国倾城，上了些岁数，一个个就成了水桶。年轻的俄罗斯姑娘即使身上肉多了，也只是丰腴，年龄大了以后，一肥就走形，跟吹过气似的，你甚至会觉得那些俄罗斯胖大婶是在横着走路。

俄罗斯姑娘是一团火，燃料就是她们的青春，生命之火炽烈燃烧。中国有句俗话，红颜薄命，或许太美丽的缘故，俄罗斯姑娘的美丽，让你会产生一种稍纵即逝的感觉。青春是美丽的，美丽却又是短暂的。我忍不住要拿中国女人和俄罗斯女人相比较，她们的不同实在太明显，同样是一把火，中国女人的火力要小得多，换句话说，中国女人虽然不像俄罗斯女人年轻时那么光彩夺目，抗衰老的水平要高出许多。

俄罗斯中老年妇女的境遇，多少有些不幸。和世界上所有的女人一样，俄罗斯女人不仅美丽，而且吃苦耐劳，非常贤惠。俄罗斯的中国人，一提到俄罗斯男人，难免流露出羡慕之情。俄罗斯男人是天生的大丈夫，在家里除了看报看电视，不做任何家务事。妻子开始变胖，不像过去那样美丽，他们便溜出去追逐更年轻漂亮的女人。这一点正好与中国妇女的先苦后甜相反，我们习惯于好日子在后头这种思路，多年媳妇熬成婆，很多农村妇女终于随着丈夫进了城，丈夫离休退休，她们闲着没别的事，不是打麻将，就是寻小保姆的错。年轻时留在农村守活寡，没风光过，年纪大了，这世界便是她们的。

翻译说起俄罗斯女人，说她们很苦。苦指的是结局，有些感叹，也有些心酸。流行歌词中有一句："我拿青春赌明天，你拿真情换此生。"青春是一把火，很快烧完了，能潇洒走一回多好，然而人生三步两步走不完。这问题细想下去，有些煞风景。

1998 年 12 月 4 日

尼古拉二世

对尼古拉二世所知甚少，在圣彼得要塞，无意之中看到了鲜花丛中他的灵柩。尼古拉二世和家人的骨赅被重新发现，隆重安放在这，据说真伪仍然还有争论。俄罗斯人带着鲜花，三三两两来到这，低头默哀片刻，留下鲜花而去。

尼古拉二世是末代沙皇，人们通常对亡国皇帝不会有什么好印象，一个好皇帝怎么会把国家弄亡掉。过去的八十年，俄罗斯人很少会想到这位亡国君主，他是个没出息的皇帝。现在人们终于知道，尼古拉二世及其家人，在十月革命后，被布尔什维克秘密枪杀，神不知鬼不晓被埋葬。布尔什维克推翻了临时政府，毫不含糊地把早已是阶下囚的尼古拉二世一家全杀了。

革命时代的残酷由此可见一斑，今天俄罗斯人到尼古拉二世的灵柩前来献花，不外乎两种心情。一是出于纯粹的同情，一是对过去好时光有所怀念。和尼古拉二世一起被枪杀的，不仅有他的妻子，还有两个女儿，一个儿子，一个保姆。尼古拉二世夫妇那时候刚步入中年，女儿略大一些，儿子却完全还是天真无邪的儿童。

就算尼古拉二世该死，妻子和孩子又何罪之有。我在圣彼得要塞买了一张他在位时和家人的合影，照片上尼古拉二世全无皇帝气派，他的家人，不管是皇后，还是公主，还是孩子气的小王子，眼睛里都有种说不出的忧郁。这张暗示着不幸的照片阴森森的，让人心里一阵阵发凉，回到宾馆，我便把照片送给了翻译。

对于今天的俄罗斯人来说，过去的好时光有许多回味。沙皇时代的俄国，并不像教科书上写得那么糟糕，这一点，只要看看当时的建筑便可以明白，经过两次大战的考验，许多美丽的房子仍然保持完好。相反，今天处于强弩之末的俄罗斯，反而有许多不如人意的地方，人们心里不痛快，就会怀旧，不仅怀念沙皇时代. 而且怀念列宁和斯大林。

斯大林时代也许不自由，但是当年苏联很强大。多年来，苏联一直被称为超级大国，和美帝国主义一样，他们长期扮演着社会主义阵营中的警察角色，到处干涉别人内政，称王称霸，不可一世。三十年河东，三十年河西，今天的俄罗斯重病在身，靠吃西方的药过日子，这药最终管不管用，现在还说不清楚。

1998 年 12 月 5 日

跳蚤市场

跳蚤市场只在周日才开放，中国人出门，总希望买便宜货，听到跳蚤市场就眼睛发亮。跳蚤市场很乱，很像八十年代初期的中国沿海地区，一个小摊接着一个小摊，用卢布或美元成交。美元作为国际流通货币，在跳蚤市场得到充分体现，所有摊主都知道美元的发音，不会俄语没丝毫影响，具体的阿拉伯数字，可以在摊主手掌计算机上按出，至于如何还价，就看各人本事。

俄罗斯人很实在，要价不会太离谱，你砍价太过分，他们会表情夸张地做出抹脖子的样子，表示如果是这价格，只好去死了。偶然会碰到能讲几句中文的俄罗斯小伙子，这些人大都在东北边境上做过生意，受中国同行影响，老毛子身上的憨厚实在，顿时减了不少，态度还不错，滑头也就在所难免。

跳蚤市场人虽然多，场面虽然热闹，真正的成交量小得很，无论买方和卖方，到这来的目的，更好像是为了玩，根本就不像个做买卖的样子。我们住的地方离跳蚤市场很近，因为近，就去了两趟。两趟的共同印象，是俄罗斯小贩身上颇有诗意。这显然不是一个善于做生意的民族，其实和顾客打交道，非要有“中国”小贩的面善心狠手辣才行。要价不妨高，折扣也可以高，人到跳蚤市场上来干什么，不就是想买便宜货吗。折扣是个巧妙的陷阱，做生意不设置陷阱，发不了财。

大多数俄罗斯小贩，没什么商量余地，一个个很和气，但是也更傲气，对于他们来说，能否做成生意，不太重要。跳蚤市场上品种的贫乏，同样说明俄罗斯人经商方面缺乏想象力。巨大的露天市场，转来转去，始终那么几样东西，骄阳似火，小贩在酷日的照射下，显得无精打采，完全是落魄者的形象。

让俄罗斯人做生意，真是委屈了他们。俄罗斯人似乎注定成不了商业时代的英雄。汽车在路上奔驰，我注意到很长的一段公路，每隔五十米，就有一个西瓜摊，不多的几个大西瓜放在那里，摊主坐在一边发呆，等待过路的司机停车买瓜。这种守株待兔似的做买卖，一天能卖出去几个瓜，显然很可疑。

俄罗斯国产车看上去非常粗糙，速度很快，从这条路上好几次经过，看着车窗外的西瓜摊，空空荡荡根本没人买，不由地为小贩着急。皇帝不急太监急，生意做成这样，也太惨了一点。

1998年12月11日

列宁墓和名人公墓

到莫斯科肯定会去红场。你可以想象那些电影镜头上的阅兵仪式，大雪纷飞，斯大林站在寒风里，检阅胜利之师。你也可以想象病歪歪的勃列日涅夫，注射了强心针，在斯大林曾经站过的地方，瑟瑟发抖。事实上，红场不像想象中那么大，气派远不如天安门广场。

现在红场的路口，已被一座教堂似的建筑物拦断，曾经熟悉的那些阅兵仪式再也见不到了。红场有列宁墓，无论东方人，还是西方人，既到了红场，就会排队参观。列宁墓也不大，和中山陵相比，和北京的纪念堂相比，它都有些逊色。起码外观上是这样，因为我从来没进过毛主席他老人家的纪念堂内部。

在俄罗斯可以见到许多青铜雕像。这是一个喜爱雕塑的民族，一个人只要值得纪念，就能在墓地上找到他的铜像。俄罗斯人把死看得很庄重，自从列宁的遗体被安放在红场，能陪葬在这，便是最高的评价。参观了水晶棺，看过了灯光照射下的列宁遗容，从大厅的后门走出去，迎面是成片的墓地，由于不懂俄文，只知道几个最熟悉的名字。

譬如作家高尔基，对于一个文化人来说，这待遇很了不得。我们都知道，在苏俄时期，许多优秀的作家被流放，甚至被枪毙，高尔基的脾气并不好，据说屡屡不听斯大林的话，结果仍然可以在红场占一席之地，说明斯大林还有些气量。

各民族对死亡的态度不尽相同，中国人习惯百年以后和家属葬在一起，最牛的是孔子，他老人家身边不仅有儿子孔鲤，还有规模庞大的孔林。我们的烈士陵园无疑是向外国人学的。在莫斯科和彼得堡的名人公墓，很容易遇到来参观的中国人。晋谒名人公墓是旅游活动中的重要项目。换句话说，名人公墓是非常重要的旅游资源。

到了这，会发现俄国历史上的名人会聚一堂，死亡的恐惧已经不复存在，那些熟悉的文化名人，柴可夫斯基、斯特拉文斯基、陀思妥耶夫斯基、马雅可夫斯基，一个个都静静地睡在棺材里，等待着别人的拜访。太多的文化名人让你目不暇接，正恨不得捧一本花名册在手上才好。

在新处女公墓，两个人的墓前，中国人大都会停下来，一个是赫鲁晓夫，略上些年纪的人，都知道他，他当年的名气，可比今天的叶利钦大得多。还有一个是中国的王明，过去考试，常常背到“王明‘左倾’机会主义”，这家伙大约可以算是中国“极左”思潮的祖师爷，幸好被埋在了莫斯科，如果留在国内，不知道会有多少人在他面前吐唾沫。

1998 年 12 月 9 日

托尔斯泰庄园

去托尔斯泰庄园不是太方便。有些中国文化人在莫斯科待了很长时间，一直没机会去托尔斯泰庄园。我们花二百美元租了一辆面包车，天气很热，俄罗斯的汽车只考虑防寒，玻璃厚而且密封，真把人热得够呛。距离二百多公里，一路暴晒，想到是去晋谒托尔斯泰，受些罪也值得。

我这个年龄的人，一听到庄园，小时候受过的阶级教育就会作怪。受传统思想的影响，庄园主似乎都不应该是个东西，譬如四川的刘文彩，记得当年看“收租院”群像雕塑，对剥削阶级咬牙切齿。

托尔斯泰庄园据说有三百多平方公里，看着成片的白桦林，看着一眼望不到尽头的林间小路，看着岸边长满绿色植物的碧清水潭，看着保存完好的马厩，看着照片上托尔斯泰曾经使用过的农具，看着他曾经伏案工作过的书桌，联想到他的作品，我的思绪一下子变得很乱，很惘然。

为什么提到托尔斯便会肃然起敬。首先因为他创造的文学形象感染了我们，教育了几代人。托尔斯泰不仅是俄罗斯人的骄傲，也是整个人类的骄傲。多想想托尔斯泰，有利于我们重新审视作家这个行当。诺贝尔文学奖没有颁给托尔斯泰，这是一件很丢人的事。托尔斯泰的伟大无毋置疑，他老人家本来可以免费为诺贝尔文学奖做广告，起码有十次这样的机会，但是评奖委员会始终走了眼，结果后来没有得奖的优秀作家，一想到托尔斯泰再也不会生气。

托尔斯泰的意义，还在于他把写作当作一种个人的修行活动。众所周知，托尔斯泰年轻时是一个浪荡子，与《复活》中的聂赫留朵夫相比，有过之，无不及。他用自己的行为证明，写作既是为了拯救人类，为了教育人民，也是为了拯救自己，教育本人。说托尔斯泰作品对世界发展没有影响不对，夸大这种影响也不对。文学只对那些接触作品的读者才有意义。

在这远离了莫斯科，差不多是无边无际的私人庄园，在这墙砌得异常厚实笨重，到处留着宽大烟道的故居，托尔斯泰完成了一系列重要的作品。他想通过作品使世界得到完善，而事实上，只是完善了自己。过去的八十多年，人类并没有因为有了托尔斯泰，就避免了两次世界大战的杀戮。时至今日，愚昧、落后、贪婪、不平等，所有这些在托尔斯泰看来不应该的东西，依然存在，依然生气勃勃。托尔斯泰只不过是以作家的方式，喊出了“不”的声音，这声音是人类不屈不挠精神的一部分。

1998 年 12 月 14 日

世界文学研究所

莫斯科的世界文学研究所，非常名不副实。作为作家代表团，这样的地方值得来一下，来了以后才知道，它的主要任务并不是研究世界文学。

其实准确的名称，应该叫作高尔基纪念馆。这里的一切都和革命文豪高尔基有关，包括故居、事迹陈列，以及大量的手稿原件。世界文学研究所的命名，带有大国沙文主义的自说自话。毫无疑问，十月革命以后，苏联文学对世界文学的格局，产生了重大影响。

从事文学史研究的专家，不会忘了“红色的三十年代”这个词。资本主义社会在三十年代遇到大危机，在那个特定的年代里，全世界的进步作家，思想上都“左倾”，譬如在中国有左联，又譬如一些法国作家，后来干脆参加了共产党，像海明威和福克纳这样的美国作家，也不可避免地成为红色三十年代主流文学的一部分。

今天的世界文学研究所显得很尴尬，工作人员向我们报怨经费问题，在厕所里，我注意到这么一个细节，印得花里胡哨的过期彩色报纸被裁成小碎纸片，放在小盒子里当作共用的手纸。一切看上去都那么拮据、寒酸，昔日的辉煌一去不返，世界文学中心的理想也差不多破灭。

过去，国家拨给研究所很多经费，财大气粗，而研究项目的重点，显然只放在苏联文学对世界的影响上，今天，这样的课题连俄罗斯人自己都不太感兴趣。时过境迁，如今解说员总是忘不了提醒参观者，强调当年高尔基和斯大林之间如何不和，而这种提醒，只要是对历史有所了解的人，都能感到是一种对斯大林的落井投石。

谁都明白高尔基的地位和斯大林分不开，世界文学研究所的工作人员，力图把高尔基重新塑造成为一个持不同政见者。高尔基是研究所的金字招牌，他的地位不保，研究所的前景就不容乐观。研究人员在高尔基的私人信件中，探矿似的搜寻对斯大林不满的蛛丝马迹，一个全新的反斯大林的高尔基，正在被热情地推荐出来。

这是一个让人哭笑不得的事情，因为苏联的历史上，没有一个作家的待遇能与高尔基相比，以他名字命名的高尔基城，是仅次于莫斯科和圣彼得堡的第三大城市。高尔基生前声名隆重，死后举行国葬，遗体就埋在红场。

苏联时代，许多有思想的作家被流放，被剥夺了写作的权利。历史可能会有一些新的发现，但是历史不可能被改变，这一点千真万确。世界文学研究所面临的尴尬，恐怕也是许多俄罗斯人回避不了的难题。

1998 年 12 月 15 日

文人雅聚天目湖有感

一个人若是在城里待久了，难得有机会离开家门走走，会发现好地方太多。好地方未必是名山大川，山不在高，水不在深，有名气的地方弄不好可能徒有虚名。说白了，所谓风景，只要有些山有些水就行，关键要看我们如何去体验。

有山必有水，这几乎是大自然铁定的规律，我们习惯说某某地方风景如画，不去一次，如何可惜，其实不知道“风景如画”这词中，已包含了很强烈的主观色彩。

游山玩水有许多种玩法，最糟糕的大约就是点卯式。我常常听见有人像比较钱多少一样，来比较他们去过的地方的数目。他们的标准是某地方去过或是没去过。这只是一种往自己身上盖图章的游玩。

这次参加天目湖的雅聚，是一种十分有趣的玩法。溧阳的县委领导以文会友，召集了一批书呆子在天日湖聚会。推窗见湖，极目远望，风景之好，空气之新鲜，当然不用我们这些当作家的来做广告。但是就我个人而言，很想为这种聚会形式说几句好话。我一向认为天时地利人和三因素中，人和最重要。事在人为，要知道出门在外，有时候和什么人在一起，要比去一个怎么样的风景名胜更重要。

其实参加这次笔会的，都是些经常见面的朋友。在南京也是天天见面，可是有那么一两天时间吃住都在一起，重温一下集体生活，便有了一种别样的情趣。这种情趣，恰恰又是天目湖提供给我们的。我们成天生活在城市里，单调的生活场景使身上的每个细胞都变得疲倦，每个人都疲倦到了自己不知道为什么会这么疲倦的地步。天目湖的小聚，恰恰有利于洗涤这种疲倦。

天目湖旅游度假区把自己定位在休闲的位置上，实在是一个聪明的选择。离天目湖不是太远的地方，错落着许多嘈杂的城市，很多城市人急需的是放松绷紧的神经。从这座城市到那座城市去旅游的热潮正在降温，因为这种旅游，还是类似乡下人进城看热闹。从一个嘈杂的城市，走进另一个嘈杂的城市，迟早会让人厌倦。现代城市人需要的，是一个离他们不太远的地方，去了以后能充分放松他们的神经，这是一种难得的享受。对于我们这些书呆子来说，这地方也许就是天目湖。

路遇骗子

南京报纸几乎都报道了“假戒指行骗团伙”落网的消息，近几百名市民主动向公安机关提供被骗证据，认领了被骗财物。想想也可笑，上当受骗的人有这么多，而且恰巧十天前我也碰到过这些骗子。

那天清晨，从南通坐船回来，下了船，都说就坐中巴算了。于是从码头一直坐到大方巷，我和储福金沿着新开的云南路往里走，小储家在路口不远，一扭头，钻进小巷深处，我的家还在前面巷子里。这时候，一个人骑车从身边走过，裤兜里啪啦一下，掉了一个小东西，我连忙大声喊：“骑车的，东西掉了！”

大清早，扯足了嗓子喊挺过瘾的，可是我喊得凶，骑车人跑得更凶。身后有一个人窜了上来，一下捡起那个掉地上的东西，自言自语地说：“什么东西，打开看看。”一边嘀咕，一边小心翼翼地打开。我忍不住回头，那人已解开手帕，从里面取出一个装着戒指的塑料盒，同时不知怎么手头就有了一张发票，吃惊地喊起来：“哇，两千多块！”

我立刻就笑了起来，因为明白过来是怎么回事，这种骗术太不高明。那人让我笑得不好意思，红脸看着我，怔了好一会儿，不敢开口。我想讽刺挖苦他几句，让他往后想骗人钱，学点高明的技术，话到嘴边，觉得没必要说。我还没强壮到可以将他扭送到派出所去的地步，再说能想出这么拙劣的骗术的人，实在怪可怜的。我见过的真骗子，能耐比他大多了，于是掉头就走，因为这时侯我已到了必须拐弯的那条巷子口。待我走出去一截了，那骗子才可怜兮兮地在我身后喊着："喂，我们俩分，怎么样？"

几乎是一路笑到家，许多朋友都笑我是书呆子，每次出门，多少都会落些话柄。南通上船的时候，我因为服用的安眠药突然生效，稀里糊涂地丢了一个包。包里装着这次开笔会别人送的礼物，瓶瓶罐罐地有一大堆。上了船，大家都笑话，笑话了一阵，为了安慰我，像救济难民一样，把自己的礼品分了一部分给我。我糊里糊涂就收下了，好像连谢都没谢。

到了家，说起自己一路的遭遇，妻子笑话我，说我呆。我自然要和她斗几句嘴，东西是丢了，却等于丢了别人的，而且遇到了骗子，没让骗子骗，反而让骗子尴尬，这真不能算呆。南京有近百名市民受骗，要说呆，他们才呆。

出门骑车

小时候，南京骑自行车的人并不多。过去把骑车当成一门技术，常说张三会李四不会，譬如我父亲，早在我出生前，就会骑车，直到我十九岁，才第一次看见他骑车上大街。那是去孝陵卫看前线话剧团的演出，南京人都记得那儿有一个很高的卫岗坡，骑上去不容易，骑下来更不容易，父亲当时已快六十岁，大家都为他担心，他说没事，说骑车这活，只要会了，一辈子也忘不了。

在过去的年头里，街上自行车并不是很多，一个重要原因，这玩意好歹是个大件，不是谁都买得起，而且即使有钱，也还得有票。现在的年轻人不太知道什么叫有钱没票，是中学生就会有辆时髦的新车。“自行车大国”这样的字眼，常以自豪的口吻出现在报刊上，外国人也跟着起哄，说骑车是体育锻炼，绿色环保。

或许心态不好，不知怎么的，街上看见浩浩荡荡的自行车洪流，就感到沮丧，就忍不住想，今天一个人如果十几年不骑车，再让他冒冒失失上街，很可能第一个路口就出事闯祸。

为自行车大国感到自豪大可不必，我们总是分不清自我安慰和自豪的界限，体育锻炼和绿色环保只是一方面，不得已而为之。统计资料显示，一个美国佬挥霍的能源，相当于两个欧洲人，相当于四十个印度人，四百多个津巴布韦人。在中国，大多数人并不是为锻炼和环保才骑车，上班族在乎的是更有效的时间。

如果一路吃红灯，要接连几次绿灯才能通过路口，如果沿街的大树已经砍了，烈日骄阳晒得小姐太太们花容失色，如果空气污染指数已经严重超标，却还有两三辆燃油助动车在前面横行霸道，废气肆无忌惮地往鼻孔里钻，还能觉得骑车是个很好的享受，那你真是一位了不得的高人。

以人为本，让出门变得更容易，是城市必须首先考虑的。城市在迅速扩大，自行车太多，路太远，空气太恶劣，而上班和上学，毕竟不等同于郊游。我的女儿每天上学要骑车半个多小时，要翻过一个桥，这桥的设计对骑车人来说，是一次真正的体力锻炼。这种锻炼毫无美感可言，人们之所以还在坚持骑车，只是因为坐车比骑车更不方便。

2000 年 12 月 31 日

出门坐车

在大连的街上，很少看见自行车。都说这城市山坡多，没办法骑车，但是我却见到这样的照片，年代并不久远，和国内许多城市一样，大连街头有着太多的自行车。见不到自行车只是这些年，生活在这城市中的一位作家朋友说出了其中的秘密，他告诉我大连人出门坐车实在太方便，因为公交方便，所以根本用不着骑车。

一位新加坡朋友也说过类似的话，在任何一个公共交通发达的城市，自行车的数量都会大大减少，并不是中国人都喜欢骑车，在香港，在台北，在欧美，骑车只是喜欢玩味道。骑车是对现代社会的一种挑战，是种姿态。中国骑车是现实，发达国家骑车则是浪漫。

不在其位，不谋其事，我因为不坐班，对公共交通的关心，难免多管闲事，隔靴搔痒。在民国时期，公共交通一直有着特殊的地位，交通部长是显赫的头衔，“交通系”是个很厉害的帮派。孙中山不当总统了，他选中的活儿便是修铁路，要是袁世凯好好当总统，搞民主，不独裁，像当时大家所希望的那样，成为中国的华盛顿，让孙中山一门心思修铁路，中国后来的交通现状肯定是另一个模样。解决一个交通问题，怎么说也比管理一个国家容易。

我们总是把太多精力花在别的事情上面。大连的那位朋友曾十分认真地问我，为什么南京不修地铁，说你们江苏那么有钱。这样的问题远不是我这种书呆子可以回答的，就像前些年有台湾人问我，为什么宁沪之间不修高速公路。乐观的看法是，问题最终都会解决，只要有耐心等待就可以。

莫斯科地铁有许多都是集中营的劳改犯修建的，回想我们的历史真可惜，打了那么多右派，后来还有那么多的干校，那么多的人力物力都白糟蹋了。“文革”中后期挖防空洞，浩浩荡荡，那股热情用来建造地铁，好歹也能挖不少。今天大连市内的有轨电车，成为现代化城市中一道亮丽风景。

老南京很怀念当年市内的小火车，可惜在二十世纪五十年代，一赌气就拆了。还有无轨电车，也是说拆就拆，雷厉风行。这些动作都失之草率，跟玩一样，结果当人们又一次想到轻轨列车，想到地铁，想到环保，后悔已来不及。后悔当然不是什么好事，如果今后能少点后悔，多好。

2001年1月1日

过年回家

很多年前，一对年轻夫妇去黄山过春节，正赶上大雪。山上没人，雪后乍晴，看日落日出，红装素裹，感觉绝佳。以后逢人便说，仿佛老革命说红军爬雪山过草地，乡镇企业干部议论去美国欧洲。旅游热尚未兴起，大过年离家出走，的确是高招。时过境迁，好事过了这村，就没这店，现在依葫芦画瓢，不仅不新鲜，很可能还要冒人太多的凶险。春运期间，是“文革”中的大串连，肋骨未必会挤断，出几身臭汗免不了。

时代不同了，过去在家吃年夜饭，如今毅然上馆子，而且要事先预定。不许放爆竹，于是少许多热闹，只能看春节联欢晚会。电视成了大众情人，成了引发家庭大战的第三者插足。电视是一剂慢性自杀的毒药，人们没完没了地看，没什么可看，结果只能望呆，望呆望呆，越望越呆。人类看无聊电视损耗的精力加起来，不知道可以造多少个万里长城。

过年最好的感觉是回家，人说穿了，还是个没出息的东西。好男儿志在四方，大丈夫到处为家，偏偏到过年，忍不住想到了回家。一个过年回家，像试金石一样，人那点可怜的本性，全都暴露了出来。家是一个圆心，无论划多大的半径，最后还得绕回来。古时候的大英雄，血染疆场，人头落地，临了也是马革裹尸还葬耳。家是生命的起点，是最后的归宿，富贵时，要衣锦还家；落魄时，又说金窝银窝，不如自家狗窝。离家的理由千条万条，混得好也罢，混得糟也罢，到过年了，都得回家。

过年回家以离家为前提，有失去，才有得到，有离之苦，才有合之乐。走遍天下，过年回家。走得越远，离家时间越长，回家越有乐趣。那些成天窝在家的人，有家等于没家，绝对享受不到回家之乐。既然没有这快乐，过年最好的办法就是离家，简单一点儿上馆子，到朋友家去打麻将，复杂一点儿去旅游，有钱的干脆去东南亚。不敢离家的人，都是些没出息的可怜虫。

过年回家使春节变成真正的节日。回家干什么，回家什么也干不了。回家只不过喘一口气，是又一次离家的前奏，是觅将远行的开始。出走是真正的时代潮流，是一切想做些事的人的真正心愿。

2000 年 1 月 16 日

为什么非要在火车上打手机

这是个现在仍然没弄明白的问题，半个月前，去上海参加《萌芽》杂志的一个活动，回来时很疲惫，想在车厢里睡一会儿，一路上都被手机的声音吵闹。我坐在离车门不远的地方，中间隔了十几个座位，可就这十几个人，起码有七八部手机，你打过来，我打过去，此起彼伏，没完没了。我们总谦虚地说自己是发展中国家，如果比手机数量，发达国家算个球。

那天对手机的厌恶，一时间达到了极致，想睡又不能睡，刚迷迷糊糊，便被吵醒，醒在那只好生气。首先我想不明白，为什么你不能站起身来，到车门口去说话。有一个小伙子就坐在我对面，从上海到南京，差不多三分之一的时间，都在打手机。不管谁花钱也过分，说来荒唐，虽然烧别人的钞票，我却感到真正的心疼。我忍不住想，有钱怎么骚包不行，干吗非把钱全砸在电信局。

其次要生气的，为什么不能小点声。现在的手机完全用不着扯着嗓子喊，大声喊的应该是那种砖头差不多的大哥大。八十年代香港警匪片，黑社会老大恶声恶气地说“把谁谁谁”给我干了。那是拍电影，火车车厢是公共场所，哇啦哇啦说话，让别人陷于噪音的水深火热，说得严重一些，是侵犯人权。

第三，既然不是什么了不得大事，干吗非要在车厢里摆谱。我耳朵根不能清静，便耐心偷听打手机的人究竟说些什么。能在车厢里大声嚷嚷，也不会是什么了不得的机密，更不会有什么见不得人的隐私。中国人聊天，大都是在说别人的故事，别人怎么样怎么样，如何可笑，如何想不开，一边说，一边按捺不住自己的得意。我很快没了耐心，不想听还得听，好不容易等挂电话，将手机塞进怀里，还没捂热，铃声又响了。

手机铃声响，好几只手同时忙乱，一起往怀里伸，动作仿佛去拔枪。不由地想起好莱坞西部片，屁股那里不挂支枪，就不算是牛仔。手机已经成了现代中国人如何文明的重要标志，我不敢反对别人用，只是希望未来的火车上，有一个专供别人打手机的地方，在那，爱怎么嚷都行，爱嚷多少时间就嚷多少时间。

1999 年 4 月 13 日

上海的假定

一个新加坡人领着一群中国人浏览他的城市，指着几幢建筑物兴奋地说："大家看，这一带像不像上海的外滩。"大家聚精会神看，临了很客气地敷衍说："像，是有些像。"和新加坡主人分手以后，这群中国人都在琢磨，很快得出一致结论，有什么像不像，所谓像，似是而非，不过是殖民地的礼物，都是一些西方人留下的老房子。

很难描述上海的外滩有什么特征，要有，也是一个说不明白的"洋气"，这两个字中国人感受很深，外国人听了哭笑不得。晚清时，有位大臣向皇帝卖弄自己的地理知识，他说天下根本没有那么多国家，洋鬼子其实都是一个国家的人，他们贪得无厌，没完没了让人赔款，面子上不好意思，于是不断变换国家的名字来向大清朝讹钱。

上海的外滩是个混血儿，是个杂种。对于中国人来说很清楚，它像外国，对于外国人来说就乱了，法国人觉得它有点大英帝国的意思，英国人却认为那栋房子是纯粹荷兰风格，或者俄罗斯建筑。旧上海的租界是典型的四不像，时至今日，这情景也没太大的改变。

写《留学美国》的钱宁对上海有个奇特的感受，有一次他对我说，如今上海的许多地方，置身其中很难让你相信是在中国。钱宁在国外待过很长时间，跑过的国家也多，他这番感叹显然切身体验。

五十年代出生的人心目中，上海是一个巨大的工业城市。十里洋场和租界这类概念，对于这一代人并不存在。上海是一个大工厂，到处竖着烟囱，冒着黑烟，上下班的时候，人流如潮，汽笛长鸣。上海轻工业产品是典型的国产名牌，上海的手表、上海的自行车、上海的服装，甚至连带上海的女孩，反正只要沾上海两个字，就足以让人向往。上海工人阶级最出色，这种出色也包括出了王洪文这种大亨。

上海是东方明珠，注定是一个出风头的城市，得风气之先，领时髦的潮流，改革开放之后的唯一例外，是让深圳抢了一个先手。不管怎么说，上海的霸主地位已经恢复，过去，它曾经是个花花世界，是冒险家的乐园，后来又成为最大的轻工业基地，人口在世界大城市中屈指可数。今天，上海已经成了地道的国际化大都市，它的高楼，它的外资公司，它的发展机会，都是国内其他城市不能相比的。历史不以人意志为转移，未来的上海什么模样，今天的人无法预言，但是胡乱地为它做个假定，未必是一件很困难的事情。

上海要发展，首先要排除传统意义的就业，人人都有事干是很陈旧的想法，上海的人太多了，没有那么多的事情做。人多好办事只是个美丽的谎言，人多了不好办事才是事实的真相。过去是未来的基础，很难想象不摆脱过去辉煌的上海，如何能进一步的发展。按照我的可笑想法，未来的上海就是个大银行，是一个巨大的金融魔方，全世界排名靠前的银行在这都占有一席之地。传统的工业将不复存在，显赫一时的商业也大打折扣，流行的是一些与金融业配套的服务行业。上海给人的印象到处都是钱，空气中漫着货币的气味，各种外汇幽灵一样乱窜，高大的楼房里全是写字间，写字间里都是电脑，电脑里是股票，是账目，是税单，无数的手指正为金钱忙乱，有人一夜暴富，有人一夜赤贫。经济成为一切问题的首要，和金钱没关系的人，将被排除在上海人之外。上海男人清一色穿着笔挺的西装，上海女人都是白领丽人，上海将成为一个残酷的写照，在这画面中，和金钱活动没关系的人都将成为另类，成为边缘人。

未来的上海人中没有文化人，有文化的上海人都到附近乡下去了。这座城市像清除垃圾一样，不时地把不合时宜的人撵出上海。出局将是一种最普遍的现象，没钱的小市民、失去青春的女人、找不到工作的博士生、三流的娱乐记者、自以为得意的著名作家，统统离开上海自谋生路。上海表面上是一个不设防的城市，宽容大度，为所有的人提供机会，实际上到处都是禁区，是地方就埋着地雷。真正的上海将成为一座水泥森林，高楼大厦，窗台上放着人工培植的鲜花。昔日的上海风情不复存在，站在市中心，突然发现上海已不复存在。上海成了一个幻觉，看不见，摸不着。人们不用再出国奔波，因为能在上海站住脚，就和出国差不多。上海和世界已画了等号，上海就是东京，就是纽约，就是巴黎。未来的上海人都得会说英语，都能麻利地操作电脑，都有驾照，都不知道谁才是真正的上海人。

上海不再像上海将是最大的历史进步，让传统见鬼去，将习惯扔进垃圾箱，今日的上海人视所有上海之外的人为外地人，将来的上海人却不得不心诚口服，把那些在上海站稳脚跟的外地人称为上海人。上海人将成为一种真正的荣誉称号，只有英雄人物才担当得起。上海将成为一座征服者的城市，在这个城市里，只有两种人，成功者或不甘心失败的失败者。成功者可能会失败，失败者也可能会成功，战斗正未有穷期，没有硝烟弥漫，一样刀光剑影。为有牺牲多壮志，未来的上海是一种挑战，是一副等待高手去下的棋局，是很酷很酷的情人，等着别人去爱，去追求，去舍生忘死。

2000 年 2 月 22 日

风景区南山

南山这称呼，通常不是南面有座山的意思。面山而居，大山挡住出路，起码风水上没什么可取。开门见山是比喻，是直截了当，并不是说在家门口，大门牙似的竖着一座山。中国的传统建筑是四合院，最好的房子是北屋，理由很简单，坐北朝南，阳光灿烂。陶渊明采菊东篱下，悠然见的南山，大家过生日的寿比南山，都不是说的南面那座。

中国文化中的南山，是陕西的终南山，不相信可以去翻字典。耳熟的一个成语是“终南捷径”，有志于仕途的人，组织部考察干部的官员，应该不会不知道这条近路。南山又叫太乙，或太一，“太乙近天都，连山接海隅”。可惜陕西人心胸宽广，没有想到注册商标，于是各地见贤思齐，依葫芦画瓢，就有了自己的南山，深圳有，海南有，南京也有。

因为历史上的典故，南山在不在南面无所谓，景色好坏也不重要。取这两个字的共同点，往往看在文化的情面上。譬如南京的南山，其实是在城市的西南角。要说景色，也有山也有水，却不能与城东享有大名的紫金山媲美。南京地处丘陵，周围有很多山，山都不高，都还有些特点。春牛首，秋栖霞，很难说哪个山头最好。风景这玩意的好坏，从来就有些人为，说它好就好，说它不好就不好。

双休日和交通工具的方便，正在悄悄改变人的出门观念和生活方式。如今这年头，例假日在玄武湖中山陵见到的，都是外地游客。南京人要么在家看电视打麻将，要么索性跑得远一点儿。南山的好处是距离合适，离市中心四十多公里，开车不足一小时可以到达。太近了，会让人没有离家的感觉；太远了，毕竟想去也不太方便。

两年前，喜欢这里的环境幽静，风景还说得过去，满眼松林和竹园，就动了在此处租个房子的念头，目的当然是为了静下心，好好写点东西。将房子租了下来，难免经常走动，没想到这里会飞速发展，日新月异，不过两年时间，眼睁睁地看着它热闹起来，花香鸟语，人声车声喧嚣，俨然已是3A级的风景旅游区。说老实话，我也弄不明白3A级是个什么标准，只听说再多一个A，就是顶级的风景区了。

这几年的城市，正发生着巨大变化。市内在变，郊区在变，很偏远的地方也在疯狂发展。人们的活动半径，像一只贪婪的手一样，越伸越长。很多朋友买了车，动不动就打电话问我，南京周围还有什么地方可去。那情形都有些迫不及待，仿佛饕餮之徒饿狠了，恨不能立刻找一家大快朵颐的馆子。我真不太愿意推荐新开发的南山风景区，说来说去，也是私心在作怪。既然它担着文化的虚名，真不太愿意有太多的人去打扰它。

2006年1月13日

风景的寻找

在一篇文章里，无意中谈到了南京西南郊的南山湖风景区，一个熟悉此地行情的朋友看了，打电话过来，说你这文章写得太潦草，风景区的妙处和度假村的乐趣，都没有详细说到。然后就掰着手指举例，首先没提可以品尝农民新炒的春茶，眼下市场上都是假冒的明前茶，你去南山喝茶，现炒现喝，明前雨前，谁也蒙不了。第二没提度假村的农家菜，别以为都是磨了刀准备宰城里人的，这里的菜不敢说太便宜，有味道有特点却显而易见。第三，有一万多只白鹭在这筑窝，湖附近飞来飞去，黄昏时候倦鸟归巢，那是何等风光。

还有第四、第五，滔滔不绝，我不愿意跟人抬杠，等他把话说完，告诉他在这个城市的郊区，好玩的地方太多。南山湖可以算一个，只要你愿意出去游走，东南西北随意行，都会有惊奇发现。春牛首，秋栖霞，不过是说着顺嘴，其实应该去哪里，从来不用硬性规定，春天来了，秋风起了，去什么地方都好。不仅是南京的郊区好，任何城市的郊区都好。

一个多月前，我去云南的滕冲，看了当地著名的火山群国家公园，根据介绍，是世界级的，其中一个最重要景点，便是柱状节理。

一时不明白这是什么玩意，到地方才知道那个大名鼎鼎，就是南京六合的石林。从南京去云南太遥远，去六合太容易，可惜问居住在身边的南京老乡，真去过六合看石林风景的并不多，知道它价值的人更不多。

南朝四百八十寺，多少楼台烟雨中。风景要通过寻找，才能发现种种有趣。其实在江南，只要是个庙，都可以去看看。我一直想不明白，为什么大家喜欢去看庙，后来看多了，多少有点明白，原来这庙的功能，不只是烧香拜佛，还能为游人提供一个落脚点。看庙还是为了看风景，这大约也是庙喜欢建在风景绝佳之处的原因。

二十多年前，还在读研究生，如今动不动就获奖的电影导演徐耿心血来潮，突然拉我去一个名不见经传的兜率寺，也不过是去随便看看，没想到环境之美，竟让我们立刻决定在破庙住下来。十年前去龙泉寺，去年游宝华寺，都给我留下类似的惊喜。机会就是这样，失去就失去了，失去就不可再得，有些好地方，好就好在尚未开发，有许多地方并不远，就在你所居住的城高周边，却跟养深闺一样。

在《儒林外史》中，南京的菜佣酒保，个个都有文化。一天的活忙下来，便跑到中华门城堡上去看落日。那时候能欣赏到的，当然还是古时候的风景。夕阳无限好，只是近黄昏。现在不同了，城市的边界扩大了，站中华门城堡顶端，与登上金陵饭店一样，能看到的都是闹市。

还是到郊外去看风景吧，别光是在嘴上说，只有走出去，用心灵去看，才能真正感受。平心而论，城市周围有很多好地方，郊外美景向来是城市不可分割的一部分，如果我们忽视了，不去寻找，不去游走，不去亲近它，我们或许会失去许多轻易就可以得到的东西。

2006年4月8日

人民的温泉

“文化大革命”初期，改名字是时髦事。有种种趣话，最搞笑的莫过于将某肉店，正名为“人民肉店”。当年的气氛下，不会有谁对这个店名提出疑义。人民是个金字招牌，树大招风，牌子大了，只能肃然起敬。在辉煌的招牌下，想象力被遏制，思维变得庄严和简单。当然，心里真有点疙瘩，也不敢提出来商榷。敢把“人民肉店”引申为“人肉店”的坏小子，非拖出去打板子不可。

古人早就说过“肉食者鄙”，人总是要吃肉的，除非你出家当和尚，而一旦吃了肉，再有智慧也难免犯糊涂。小时候的周围所见，都是这样的招牌，杂货店、菜场、商铺、剧院、浴室、公园、医院，统统喜欢前缀上加“人民”的字样。一切属于人民，人民就是一切。其实，按照我的傻想法，这两个字最好不要乱用，譬如肉店与浴室，到处“积肉如山，列脯如林”，弄不好就想歪了。

春天去云南腾冲，不去不知道，去了才明白，人家为什么敢说自己是温泉之乡。据接待人介绍，当地只有一个乡镇没有泉眼，其他各乡都有从地上冒出来的热水。在腾冲期间，我们洗了两次温泉，一次在野外，免费露天，根本没人出来干涉，如何撒野都行。男左女右，各寻找了一个水池子，近十个男人，洗浴前豪情万丈，结果也只有一位好汉敢裸浴，倒是同行的五六位女士，个个英勇坦荡，全裸了。

另外一次，是在新建的高档洗浴城，当地人有心让我们见识现代化。满目人工的自然痕迹，仿佛到了神话世界，我弄不明白究竟有多少水池子，人之多，势之众，名堂之多，设施之豪华，感觉之爽快，实在是前所未有。现代化要花银子，男男女女规规矩矩穿着游泳衣，像赶大集一样，因为门票的价格不菲，提供免费的吃和喝。

同样是泡温泉，与前一次的纯天然相比，完全两种境界，很难说哪个更好。不由想起大学时代，有一次去江北采风，搜罗民间故事，也到过一个有温泉的村子。当时是寒冬腊月，一群花花绿绿的女孩子在洗衣服。热水从不大的泉眼源源涌出，在下游形成了一个水池子，规模当然不能与腾冲相比，不过也足以留下深刻印象。女孩子们在泉边叽叽喳喳，突然，来了位口无遮拦的大嫂，也不管周围什么大学生，看到了陌生男子，立刻人来疯，少儿不宜的荤话，肆无忌惮说了出来。

我们听了忍不住要笑，是坏笑，一位读书极好的同学不由地脸红，文绉绉发了一番感慨，说这个才是真正的人民的温泉。我们一时不明白他的意思，绕了一会儿弯子，才弄明白他想说的是，所谓人民的温泉，就是大家都不用花钱。

时至今日，不花钱的温泉十分罕见，改革开放，泉眼里淌出的不仅是热水，还是白花花的银子。人民的温泉都成了卖点，成了著名的度假胜地。

2006 年 5 月 10 日　河西

沙家浜的记忆

前几年去海南，游览为纪念红色娘子军新建的公园，印象最深的是园子里养了几位当年的娘子军，都是清一色的老太太。有一个保留的节目，将颐养天年的老太太请出来，与游客拍照纪念。公园里很冷清，游客稀少，只听见大喇叭里不停地放着红色娘子军军歌。

与这个冷清形成对比，是不久前去过的沙家浜，那个热闹劲，那个喜气洋洋，不由地让人生出一番感慨。同样是样板戏，同样是“文革”那个怪异时代的宠儿，阴晴两重天，待遇完全不一样。仔细想也不奇怪，其实早在当年，两个戏的受欢迎程度，就已经有了高下之分。

前者的芭蕾舞太雅了，不比粗俗的迪斯科，谁都敢站出来乱蹦几下。也进不了 KTV 包厢，要唱什么卡拉 OK，要联欢娱乐一番，样板戏中最合适的表演节目，便是“智斗”。八个样板戏中，最有人缘最有群众基础，算来算去还是《沙家浜》。譬如当地的一位女宣传部长，就可以在大会上曝光自己的经历，说当年读中学，学校里排演《沙家浜》，她本人特别想演阿庆嫂，偏偏没选上，被选上的那位，又是一位笨女孩，记不住台词，结果未来的女宣传部长，只能躲在后台为人家提词。

能不能在《沙家浜》中扮演一个角色，可以生出不同的人生故事。很少会有女孩子觊觎《红色娘子军》中的吴清华，她像戏中的木偶丈夫一样，太单薄了，一点儿都没趣。女孩们向往的是阿庆嫂，为什么呢，因为这个人物好玩，有戏，是个两面派。人生之乐，莫过于当好人演坏蛋，既过了坏人的瘾，又保持着好人的名声，正邪两道的好处都占了，不亦乐乎。

不只是学校的女孩想演阿庆嫂，剧团的专业演员，对这个角色更是朝思暮想。可以肯定，演过阿庆嫂的人数，如果统计一下，业余的和专业的加在一起，一定史无前例。京剧不算，在“文化大革命”中，只要是个剧种，一定移植过《沙家浜》，只要是个女主角，一定演过阿庆嫂。

我自小在一个剧团大院长大，扮演阿庆嫂的女演员都认识，掰起手指清算，前前后后老的少的，演过阿庆嫂的竟然超过了十个。通常一部戏的女一号，只有 AB 两个人，可是偏偏是这个阿庆嫂，扮演者浩浩荡荡。要说剧团的男男女女，也就几十号演员，一个阿庆嫂的角色，像小孩子过家家一样，皆大欢喜，给多少女人带来过满足感。

扮演新四军的男演员，除了郭建光，基本都跑龙套。戏结束前有个小高潮，战士们在指导员的率领下，翻跟斗跃过一个不矮的院墙。业余剧团通常玩不了，就连专业剧团，也不免要去杂剧团引进人才。我认识的一个男演员，没怎么见他演过戏，却天生能跳高，别人翻跟斗翻过围墙，他倒好，像跳高运动员那样跳过去，这在当时是一绝，观众目瞪口呆。

2006 年 5 月 11 日

养在深闺人已识

提到贵州，不外乎几个关键词，茅台酒，黄果树。出好烟好酒，有好山好水，这样的地方，照例可以吸引游客。朋友邀集游玩贵州，知道几位已游览过黄果树，便说还有比它更好玩的地方在恭候。自然是不太相信，心虽然动，却存着疑惑。

糊里糊涂地到贵州，主人介绍要去的地方，来头更大，言之凿凿，竟然敢说比九寨沟更好。于是好奇心顿起，仍然有点不相信，胃口钓上来了。一行人都有出游的经验，不怕上当。首先是一帮熟悉朋友聚一起，有了好玩的人，地方的好坏已退居其次。再说谁都知道贵州有山有水，风景再差，也不可能太离谱。

抱着这么一种平常心出门，用时髦的话说，这才叫有境界的休闲旅游。去的地方叫荔波，在黔南，路不难走，从贵阳出发，还要花五个多小时。高速公路时代，这就是很遥远的路程了。去的那天，贵州省的一位省委副书记，带了本省的几位厅长，到荔波现场办公。目的是为了加大荔波的开发力度。据说未来贵州的发展重点，是大力发展旅游业，而发展旅游业的突破口，就是选中了这个荔波。

养在深闺人未识的荔波，已被揭开了神秘面纱。箭在弦上，想不发出去都不行了。我们一行人中，有在张家界大开发前去过张家界的，有在九寨沟大开发前去过九寨沟的，此番到了荔波喀斯特风景区，都有一种过来人的得意和感慨。得意之处，是自己见多识广，早就是休闲中人，早就有机会游山逛水。感慨便太多了，一个好的风景区开发，难免伴随破坏，智者千虑，必有一失。不开发，游人难以尽性，开发了，忍不住伤心可惜，忍不住要像九斤太太一样痛说革命家史，当年如何好，过去怎样人少。

丝毫没有反对开发的意思，螳臂当车，不自量力，我才不会做这种傻事。我们只是感到庆幸，能先睹为快，先看一眼处在开发初级阶段的荔波，看看这个被中外专家誉为全球喀斯特地貌上，保存完好绝无仅有的绿色宝石。有一天，人们聚在一起，像谈论张家界神农架九寨沟那样，神采奕奕说起荔波这个地方，我们几位可以略带卖弄地宣布：

“这地方，早就去过了。”

我不会在这篇文章里为荔波做广告，网络时代，想知道荔波的种种神奇和出彩，上网搜索一下就行了，铺天盖地的宣传文章，可以吓你一跳。山青灭远树，水绿无寒烟，张爱玲的名言是“成名要趁早”，出去玩，也是一样道理。很多人都去的地方，不去也罢。要玩就玩一个新鲜劲，要玩就玩一个原生态，晚了就来不及。如今的深闺，都是相对而言，好日子得赶快过，人这玩意实在太厉害，好风景隐藏得再深，迟早都会将你揪出来嫁人，而且是包办婚姻，不管你愿意不愿意。

2006年5月19日

翻越高黎贡山

我的地理知识比较差，常绕不清东南西北，据说世界上大多数的山脉，都是东西走向，通常是西边高，东边低。水往低处流，长江黄河就是因为这个缘故，源源不断，一路向东。

当然也有例外，譬如云南西部的高黎贡山，被誉为一座圣山，它南北走向，跨越了五个纬度带，是地球上唯一从湿润热带森林过渡到温带森林，深受生物学家的青睐。凡事只要例外，一定有特殊。简单说，东西走向，在差不多的纬度上延伸，它的生物多样性，远不如南北走向的山脉。我们知道，大多数动物都没有翅膀，气候剧烈变化，造成了相当数量的动物灭绝。有的动物只能生活在南方，有的动物只能生活在北方。南北走向的山脉沟通了不同的温带，气候发生突变，动物可以沿着山势游走，当北方突然变冷，它们可以沿着山脊移动，转移到温暖的南部。

高黎贡山很高，最高处已超过四千。春天去腾冲，从保山出发，必须翻越高黎贡山。主人好意，除了安排了舒适的汽车，还有心给大家一个徒步翻越的机会，由当地武警战士护送。一年前，我曾经有过两次高原反应，一次在四姑娘山，一次在若尔盖。感觉都很不爽，头晕乎乎的，整夜睡不着觉。主人告诉我们，徒步翻越高黎贡山，要十二个小时，一旦走不动，后果不堪设想。

这听上去很刺激，说老实话，爬山我并不怕，想到高原的缺氧反应，心里还真有些发怵。同行的几位女作家，兴奋得忘乎所以。云南本土的海男海惠姐妹，视高山为平地，把缺氧当笑话，不停地为大家鼓劲打气，再三强调机会一旦失去，再反悔已来不及。过了这村就没这店，毕竟这是一座圣山，人的一生能与圣山对话的机会并不多。我犹豫了半天，还是决定放弃，决定追随大队人马坐汽车。从众向来不会有什么大错，我为自己的放弃，找了个很充足的理由。我说已经仔细想过了，突然想明白一个道理，这就是人世间有很多美好，失去其中一两件，也没有什么大不了。为什么一定要徒步翻越高黎贡山呢，不就是在你面前的一座山吗。

女作家林白体质最虚弱，最弱不禁风，翻越高黎贡山的态度也最坚决。对我的临阵逃脱十分不屑，她愤怒地说："我们的人生价值观不一样！"结果一行人，只有几位女作家，徒步翻越。中国的女人比男人强，又是一个现成例子。临行前，场面不免悲壮，毕竟还有十二个小时的艰难路程，变化莫测地在前面等候。作家出版社的水舟兄脸色沉重，"风萧萧兮易水寒"竟然脱口而出，总算下半句没敢说出来。大家心里都犯嘀咕，事后算账，说哪有这么掉书袋为人送行的。

我还是有些后悔没有徒步翻越高黎贡山。

2006年7月28日

国殇墓

到云南腾冲，不可能不去参观国殇墓。这里的一切，很容易让人联想南京的灵谷寺，都是国民革命军阵亡将士的陵墓，风格接近，气氛相当。灵谷寺的一二八淞沪抗战阵亡将士纪念塔，与腾冲的国殇墓，正好代表了两个有纪念意义的瞬间，一为抗战拉开序幕，一为抗战胜利吹响号角。

参观国殇墓之前，先去被誉为中国十大魅力城镇的和顺。和顺有艾思奇故居，有悠久历史的图书馆，有滇缅抗战纪念馆，还有一个很地道的民俗馆。让人感到有趣的，是小镇还有个儒释道三合一的小庙，既供奉孔子，又供奉老子和三清道人，还供奉释迦牟尼和观音娘娘。我是个没有信仰的人，见庙烧香，见菩萨磕头，只是为表示一份敬意。

请了三支香，毕恭毕敬点上，插香炉里，跪下来磕头。正磕着头，突然一支燃着的香从香炉里蹦了出来，跌落在地上。这让人感到很恐慌，老人曾经说过，香火这玩意一旦插上了，就不能乱动，在民间，香火折断很不吉利。我感到惴惴不安，暗暗庆幸那支香并没有摔断。

然后去国殇墓，看地上插的一块块墓碑，情不自禁想起了父亲。国殇墓里静静地躺着远征军阵亡将士，他们都是父亲的同龄人，中间有些人父亲很可能会认识。父亲生前，屡次对我说起对远征军的向往，当年他不止一次想报名参加，在当时，这是一种进步行为，因为国家的情况非常危急，日本人气焰嚣张，太平洋战场的主动权已经被他们所控制。

十万青年十万军，父亲想投军的愿望，一次次被年长几岁的伯父坚决阻挡了。长兄为父，伯父的意思，是你这样的书呆子，冒冒失失去当兵，不会有什么好结果。他的建议是与其参加国军，还不如去延安。父亲说，他看着许多热血青年，兴冲冲地报名参加了远征军，心里很是惆怅。很长时间里，都是一种遗憾，这毕竟是父亲曾经的梦想。

大丈夫生当马革裹尸还，父亲的许多中学同学，因为参加远征军，牺牲在印缅战场，剩下的极少数人，后来又成了共产党的俘虏。人生的荣辱，不是三言两语就能说清楚。在国殇墓，面对长眠在此为国捐躯的远征军将士，我对同行的几位作家说起了父亲的这段遭遇。一位朋友说，要好好地感谢你伯父，仅仅以结果看，他的选择绝对正确，毕竟是他救了你父亲的一条命。

回去的大巴上，接到了女儿打来的电话。她告诉我，伯父在今天中午去世了，她一直打我的手机，可是没有信号。我没想到竟然会有这么凑巧的事情，伯父的去世，正好与我在小庙里磕头的时间相吻合，差不多就在那一刻，一支香从香炉里蹦了出来。接下来，我在国殇墓向友人谈起伯父与父亲的故事，堂哥堂姐正在给我一遍又一遍地打电话。

2006 年 7 月 29 日　南山

旅途中读什么

旅途中读什么呢，这是无聊时刻会想到的无聊问题。也许，我们会把自己的日常阅读，带到漫长的旅途中。临出门，匆匆塞本看了一半的书在行李箱。这样的阅读很不尽兴，因为旅行中的生活，与我们的日常，有着很大差异。除非迫不得已，人们通常不乐意这么做，既然已出门了，为什么还要延续过去的那种单调生活。

旅途中的阅读往往是即兴，看到什么读什么，就像从眼前掠过的风景，有什么看什么。在摊子上买几份报纸、飞机座位上捡一本别人扔下的杂志、推销员塞给你的一份广告，我们心不在焉看着，一目十行，纯粹是为打发时间。有时候，分明已看完了，可是为了对付眼前的无聊，我们又会从头再来。无聊会让人变得特别认真，无聊会让人在无意中发现一些平时绝不会注意的东西。

旅途中最受欢迎的是那些文摘类读物。以美国的《读者文摘》为例，月发行量有好几千万。中国有一本差不多的刊物叫《读者》，月发行量也已经超过一千万。通常情况，成千上万，就很不容易，把千和万合在一起，是一千万，多么惊人的数字。专家做过统计，发行量越大的刊物，反复阅读次数越多，结果就是，一本刊物被很多人翻阅，那上面的信息像雪花一样在天空上乱飘。

旅途中阅读时尚刊物的人，远比大家希望的少，我说的是那种定价高昂的白领刊物，譬如《三联生活周刊》，譬如《万象》，譬如《瑞丽》。除非想存心表现自己的白领身份，你可以带上一本印得很光鲜的时尚刊物，一路上漫不经心地读，然后随手丢弃。丢弃的人并不觉得可惜，旁边的观望者却十分犹豫。他吃不准你是什么意思，看你心高气傲地去了，拎着坤包下了车，还是不敢去捡留下的那本刊物，怕你突然想到会回来讨要。

有一次在去东北的飞机上，看见一个年轻女孩，一路都在读《新华字典》。就是那种最常见的小字典，64 开本，每个识字人家里都会珍藏这么一本。看着她津津有味地读，充分享受每一页，我有一种说不出的羡慕。有人会说，字典有什么可读的，真是神经病。在旅途中，人们可以聊天，说黄段子，打扑克，听 MP3，可以看各种流行的报刊，何苦去看一本死气沉沉的字典呢。

我一直觉得，阅读是人的一种美好本能。就仿佛我们饿了要吃，渴了要喝，表面上看，在孤寂的旅途中，往往只是因为无聊，因为枯燥，我们才想到了阅读，其实正是因为无聊和枯燥，我们内心深处渴望阅读的本能，才被有效地激发了出来。旅途中，读什么并不重要，重要的是，通过阅读，我们在无意中感到了安慰。

2006 年 8 月 28 日

去北京的飞机上

出门旅行，靠窗坐，窗外景色变化，心里会感到充实。然而去北京的飞机上，一个靠窗的座位，给人带来的却是一连串意外。

不知从何时开始，对飞机上是否靠窗，已毫无感觉。或许心宽体胖，拘禁一样地局促在角落里，让时时要考虑减肥的我感到很不舒服。过去一直不明白，为什么有人要花那冤枉钱坐公务舱，这次去北京的途中，我突然开了窍。

身边是个更胖的胖子，与他相比，我似乎还可以称之为苗条。他的身体完全卡在了座位上，一旦坐下，肉便江海横溢地铺展开来，占据了无数空间。我从旁边经过，他抱歉地站起来，纠缠了好一会儿，我们才很吃力地各自在座位上坐好。也许他并不想侵占别人的地盘，可是只要他坐下，我的座位立刻小了许多。

我突然想明白头等舱为什么叫公务舱了，官员中腆着大肚子的胖子太多。作为一个胖子，最好的选择是去弄个官当当。要不然，就做有很多钱的大老板。胖子偏偏还是个老百姓，坐普通舱就难免受罪，像我身边这位，气喘吁吁地躺坐在那，你无法想象他面前的小桌板还能正常放下来。如果飞机里全是这样的胖子，肯定会超载。

虽然一个劲儿地在喝水，但我不时提醒自己，飞机降落以前，不会再去厕所。有这么一个大胖子坐在身边，我感到自己被隔离了，好像是坐在飞机外面。空中小姐远远地问我要点什么饮料，她很同情地看着我。胖子要了一杯橙汁，我也跟着要了一杯。飞机突然遇到了气流，开始颠簸，胖子的橙汁撒到了肚子上，我赶紧把剩下的橙汁喝完。

飞机上液晶电视开始播节目，离我远远的，根本听不见在说什么。我茫然地看着屏幕，直到下飞机，才想起应该跟空中小姐要耳机。胖子在我身边打起了呼噜，呼噜声不仅响亮，而且古怪。前后左右的人都发出了笑声，我忍不住向四周看，结果很多人都在打量我，他们一个个面带同情，因为胖子的脑袋已经向我倾斜，他的肩膀正压在我肩膀上。突然胖子惊醒过来，对我表示一下歉意，然后继续睡，不停地醒，不停地睡，不停地发出奇异的呼噜声。

我开始在心里嘀咕，出门在外，什么事都可能遇到。说老实话，没有任何歧视的意思，只是在设想，如果自己也这么胖，又会怎么样。谁也不愿意胖成这样，谁又能完全做得了自己的主。我想象自己的体重增加了一倍，现在，我就是坐在自己身边的大胖子，而这个大胖子身边，坐着一位美女，婀娜多姿，异香扑鼻。将心比心，这时候，美女会怎么想呢，作为胖子的我，又会怎么想。

还没有想明白，飞机终于到北京了。

2006 年 8 月 29 日

去东山吃螃蟹

苏州的朋友登高一呼，饕餮之徒四面八方，风尘仆仆赶往东山。秋风初起，螃蟹们膏红肉肥，大快朵颐的日子到了。

人多则势众，在车上纷纷起哄，七嘴八舌，谈论文人何时开始吃螃蟹。问题貌似简单，照例不会有答案。能想起的是“蟹六跪而二螯，非蛇鳝之穴无可寄托者”。这是古代散文名篇《劝学》中的原话，意思是说，读书须持之以恒，要实实在在靠自己去努力。想不明白两千多年前的先贤笔下，螃蟹为什么会六条腿，唯一的解释是没吃过。

没吃过梨子，不知道梨子滋味，没吃过螃蟹，数不清几条腿。那年头，螃蟹肯定很多，多了就不稀罕。据说荀子是个长寿老人，常干些祭酒之类的差事，这活搁在当时，非德高望重的长者，不能干。孔老夫子肉不正不食，荀子他老人家自然也不屑于螃蟹。

文人不是古代圣人，喜欢吃螃蟹。不仅文人，很多人都喜欢。平民百姓，领导干部，皆有爱蟹之心。文人的特别之处，在于自欺欺人，讨了嘴上便宜，又想获得心理安慰。丰子恺先生信佛茹素，荤腥中唯有螃蟹一味，不忍丢下。可惜四人帮被粉碎的前一年，他已经仙逝，否则可以借机痛吃一顿，以示隆重庆祝。四人帮太霸道，与螃蟹的横行正好相像。

按照我的傻想法，文人喜欢吃螃蟹，首先还是因为这玩意不值钱。历史上的文人，通常不是有钱的主，囊中羞涩，却希望风雅，螃蟹便是好的选择。李白“蟹螯即金液，糟丘是蓬莱，且须饮美酒，乘月醉高台”，毫无富贵之气。周恩来读书的岁月，“扪虱倾谈惊四座，持螯下酒话当年”，更是一副穷学生模样。

记忆中，儿时并不喜欢吃螃蟹，嫌太费事。后来螃蟹昂贵了，这一值银子，便舍不得放弃。物以稀为贵，如今好螃蟹的高价位，我不说，地球人也都知道。时代不同，丑小鸭成了白天鹅。这次品尝的螃蟹，是精品中的精品，都说太湖流域，就数东山这一区域最好，生长的自然条件也最优越。地灵蟹杰，产于此地的螃蟹，绝大多数送往香港，香港人嘴馋，嘴刁，知道该吃什么样的螃蟹。

对于螃蟹我始终是外行。人贵有自知之明，不能吃了几只正宗的好螃蟹，嘴角边流过口水，立刻冒充内行胡说八道。当地形容人不会吃螃蟹，叫牛吃蟹。说到这个，真有些对不住东道主，我就是一头牛，傻乎乎只知道吃，螃蟹好在什么地方，听专业懂行的说一大堆，还是不太明白。

事实上，让人耿耿于怀和愤愤不平，如此这般的上等好螃蟹，凭什么都让香港人享受。凭什么，难道因为人家口袋里有钱，有更多的港币。在商品社会，酸腐的小心眼显然不合时宜。文人的气量很小，我也不能例外。不管怎么说，让螃蟹重新为人民服务，回到普通老百姓的餐桌上，毕竟还是值得期待。

2006 年 9 月 26 日

赛珍珠眼里的中国

赛珍珠得过诺贝尔文学奖，过去不像现在，不太当回事。美国文学界不怎么看得上，据说获奖消息传到，正吃饭的她因为震惊，手中的调羹都吓掉在了地上。毕竟是个国际奖项，深感压抑的她稍稍出了一口气，美国佬还是萝卜不当青菜，依然不屑。

中国人也一样，自始至终不放在眼里。有一种说法，这届奖本想颁给以性学闻名的弗洛伊德，当时的德国纳粹甚嚣尘上，评奖委员会害怕颁给犹太人引起麻烦，便妥协选择了赛珍珠。她的作品没有因为获奖升值火爆，第二次世界大战即将开打，中国陷入抗战的胶着状态，国府南京沦亡，武汉也丢了，日本人气势汹汹，中国军民同仇敌忾，谁也没心思关注这个写了一大堆中国的美国女人。

这些年，到日子，关于赛珍珠开始有些纪念。几个研究者热闹一番，完了也就完了。她的书再版了，没什么市场。赛珍珠纪念馆让写个贺词，我不知道说什么好，信口说了一句：

> 阅读赛珍珠的作品，可以看到一个西方人眼里的中国。这是个容易忽视的世界，它的存在能让我们有趣地了解自己。

国民政府定都南京后，许多人跑来做官。一次上等人的聚会上，生活在此地的赛珍珠偶然说起了市郊的石刻辟邪，赞不绝口，结果引起哄堂大笑。大家异口同声，武断地说南京周围根本没什么石刻。一位留学归来的青年才俊，直截了当怒斥，说她是哗众取宠胡说八道。为此，赛珍珠感到迷惑不解，她说的是个简单事实。石刻辟邪后来成为南京的标志，等同于市徽，没有人会怀疑它的存在，可是在当年，很多人特别是文化人，对它就是视而不见。

赛珍珠的代表作《大地》拍成了电影，获得奥斯卡奖，轰动一时。成也电影，败也电影，当时的国民政府很不乐意，觉得它严重歪曲，夸大落后。首先，女主角由金发碧眼的美国人来主演，虽然是黑白片，由洋人演的中国女人注定不伦不类。其次，电影中出现了梯田，摄影师没见过，为了画面好看，布景上的梯田像橘子瓣一样，一块一块是竖着的，熟悉的人便忍不住要笑，因为这留不住水，也就不可能种庄稼。

这不能怪罪赛珍珠，她的一生充满误读，两头不讨好。西方人嫌她太中国，鄙视她，中国人觉得她是外国人，目光必定怪异和猎奇。认真拜读她作品的人少得可怜，我们心不在焉地说起这位生长在中国的美国作家，总是说说而已，很少去关注她的小说。不识庐山真面目，只缘身在此山中，事实上，很多中国作家没看到的东西，恰恰出现在她的文字中间。她眼里的中国，很多相当真实，一点儿也不离谱。只不过这样那样的原因，大家都不愿意接受。

2006 年 10 月 10 日

路过歌德故居

名人故居是道风景，到什么地方，不能不看。我就有这毛病，到了一地，听说有谁谁谁故居，便忍不住要去看上几眼。据说这也是偷窥欲的一种，希望在不经意间，看到意想不到的东西。天下没有无缘无故，老母鸡为什么下这样的蛋，必定事出有因，总有独特道理。温故而知新，看了以往，才能想明白今天。明白了旧社会，才能享受新生活，不能知其然，不知其所以然。

那年路过法兰克福，导游算算时间，准备放弃歌德故居。我一听就着急，说哪怕是看上一眼，进去上个厕所，也比过门不入为好。高山景行，私所仰慕，怎么说也是一个作家代表团，到了人家德国地界，这歌德差不多就是中国的孔夫子了，到门前不朝拜，不烧香磕头应个卯，实在说不过去。于是一路协商，最后放弃了另外一处景点，一行人直奔故居。

不得不承认在歌德故居其实没看到什么。和参观大多数名人故居一样，失望注定是难免的。良好的希望开始，不良好的失望结束，这是人生最常见的写照。因为结果不怎么样，就放弃了美好愿望，这不对。不管如何，到了法兰克福，你只要还是个文化人，这歌德故居一定得去。

或许导游说得不好，或许因为语言隔阂，仿佛一个调皮的孩子，我跟着参观队伍，听了没几句，看了刚几眼，很快便消失在歌德故居，鱼一样自由自在地游进小溪。参观参观，要靠自己的眼睛去看，靠心灵去感受。歌德故居已在二战中完全被毁，现在所见是原址的复制品。这是个大宅子，说明歌德的生活背景，绝非穷人出身。穷人家孩子，享受不了这样那样的教育机会。据说歌德父亲是皇家顾问，这顾问是多大的官闹不明白，反正得是个贵族。

西方没有科举，穷孩子几乎没有出头的可能。耕读传家，书中自有黄金屋，书中自有颜如玉，这类中国式的老生常谈，在洋人那里没什么意义。东走西看，神游八极，让时光倒流至歌德还在庭园玩游戏的岁月，这时候，中国的曹雪芹正一边喝粥，一边写《红楼梦》。比较两位大师，难免感慨，作家这词如今听着有点时髦，那年头却什么都不是。对于那时代的人来说，无论中外，写作都不是什么好活，都不挣钱，都没地位。无论曹雪芹，还是歌德，都因为喜欢写，而不是这个行当伟大，才选择当作家。他们成为作家，可能有很多原因，说来说去，还是因为写出了作品，写出来才是硬道理。

记忆最深，是躲在墙角的一个巨大取暖炉，那是我见过最厚实的铁炉子，看上去像一头熊，黑乎乎蹲在那。猜想它很可能是原物，战火纷飞，只有这么笨重的玩意，才可能幸存下来。我喜欢这个在隆冬中给歌德带来温暖的大家伙。

2006 年 10 月 26 日

是谁扳倒了和珅

过去的人靠读书长知识，现在呢，看电视剧养学问。譬如大贪官和珅，原本并没有多少人知道，毕竟二百年多前的人物，电视剧里一戏说，识字不多的老太太小娃娃全记住了。不光知道和珅，还能借助他，记住其他有关系的人。

我没看过电视剧，不知道如何戏说。前一阵去高邮，当地人十分兴奋地告诉我，和珅当年倒台，与高邮的乡贤王氏父子狠狠参了一本有关。用如今时髦的词，就是关键时刻，王念孙王引之父子联手告了御状，提交了一个致命的弹劾案。文化人手上的笔，用好了就是一把刀，一刀封喉。结果“和珅跌倒，嘉庆吃饱”，史料记载，抄和珅家获得的赃物，是清政府一年的财政总收入。

提到高邮文化名人，行政级别和学问排在前列的，应该是王氏父子。但是谈到俗名，阳春白雪曲高和寡，他们既不能和宋朝的诗人秦少游比，也不能与当代的小说家汪曾祺比。《辞海》文学分册上没有二王的名字，不入选的理由，大约是没什么众所周知的名篇。诗人和小说家生前未必太得意，死后往往会占便宜。高邮二王的深厚学问，掩盖了其文章的光芒，其实，仅仅凭奏折中那句“臣闻帝尧之世，亦有共驩，及至虞舜在位，咸就诛殛”，便足以传世。

和珅是乾隆爷的宠臣，结怨天下，嘉庆继位，一朝天子一朝臣，要杀他顺理成章。乾隆死了，和珅末日也就到了。冒“满门抄斩”的危险，参劾权倾朝野的和珅，没有一点儿胜算，贸然去做，完全是书呆子的行径。高邮二王没有食古不化，他们参劾和珅的奏本，现在仍然珍藏于北京故宫博物院，重读这个奏本，我们可以看到一代文人的正气，也可以看到王氏父子笔下流露的那种机智。

奏本引经据典，体现了民情，更暗合了皇帝本人的心愿。能搔到圣上的痒处，这事就好办，就能办好。表面上看，高邮二王参奏，是文人投身政治运动的好例子，代表着中国文化中为民请命的精神。文人参政，最容易被人津津乐道，最容易被文人自己标榜。然而高邮二王的历史地位，显然不是因为扳倒了和珅。谁都知道，即使没有二王，和珅的倒台也在劫难逃，欲加之罪，何患无辞。

高邮二王是乾嘉学派的旗帜，训诂学方面做出了巨大贡献。他们的学术地位之高，学问之精深，几乎找不到合适的词来形容。有一种流行观点似是而非，却掷地有声，认定乾嘉时期的知识分子，在清政府高压下，只敢埋头做学问，都是一群天生无用的软骨头。

参政从来不是文人强项，做学问的人，能够埋头研究，安心工作，乐在其中就足够了。胡适曾说过，后人很难理解乾嘉学者从学问中获得的那种快乐。对于政治，王氏父子偶尔玩了一把，不足为训。巷谈坊议，别人如何津津乐道，与他们无关，都是说说而已。高邮二王的兴趣绝不会停留在这上面，否则也做不出那么大的学问。

2006 年 11 月 5 日

名人故居的话题

名人故居可以引起很多话题，一女干部去延安参观，看到老一辈革命家住过的窑洞，无限崇敬之外，还有发自内心深处的羡慕。导游介绍说窑洞冬暖夏凉，很适合人类居住。回首历史，为什么秦始皇最后能统一中国，因为那时候住的就是窑洞。身在窑洞，放眼世界，当时的世界是战国七雄，现如今的中国版图，东部沿海经济发达，搁在古代却不是这样。古时候的沿海，是蛮荒之地，连犯人都不太愿意去。

说完大秦帝国，导游又吹嘘盛唐，说唐明皇和杨贵妃，说李白和杜甫，天花乱坠一阵海吹，女干部于是浪漫起来，放着好端端酒店不肯住，执意要在老乡的窑洞睡上一夜，仿佛只有这样身体力行，才可以真切地接受革命传统教育。结果哭笑不得，正值初秋，冬暖夏凉的快乐体会不到，倒是被跳蚤折腾得够呛。咬了也就咬了，那跳蚤是打游击战的好手，东躲西藏，一连追踪女干部好几天，是地方就来一口。

女干部说起这段往事，恨不得掀起衣服，让我看看被咬过的痕迹。我立刻想起北大教授曹文轩的故事，女干部确实不值得，毕竟只是与老一辈革命家相似的窑洞，此窑洞非彼窑洞，与曹教授的奇特遭遇不可同日而语。有一年，闲聊中说起名人故居，说起毛主席他老人家住过的几处房子，曹文轩得意扬扬，说自己竟然在庐山睡过主席的床。

我的转述还没说完，女干部大声喊不可能。我也觉得这不可能，但是事情就是这样。女干部可以不相信我，本人只是个写小说的，编故事乃本行，她不能不相信北大的教授。事实上，曹文轩的故事精彩，还在于不仅睡了那张床，而且在第二天没睡醒的时候，睡眼惺忪之际，导游竟然已领了参观的人进来了。也就是说，老人家的庐山故居，对游人开放，只要你花得起那个钱，还可以睡觉，还可能被别人参观，让别人欣赏和瞻仰。可惜曹文轩太瘦，脸色也不够红润，如果是古月那样的特型演员，睡在那真是妙不可言。

开发和保护名人故居，是个很有意思的话题。有时候，不开发，没有经费保护。有时候，一开发，好端端的名人故居，立刻再不是原来的那么回事。究竟应该如何，是，还是不是，我说不好，也管不了。

回想自己到过的名人故居，能说上几句，也就是在蒋委员长的汤山别墅洗过一回温泉浴。温泉水滑，是地道的鸳鸯池，可惜一起泡澡的都是男鸳鸯。这时候不能不遥想历史，忆往昔峥嵘岁月稠，当年北伐大军势不可挡，以胜利者姿态，浩浩荡荡进入了南京。这是南京最值得回味的一段日子，国民政府在这定都，宋美龄初嫁了，新婚燕尔的蒋公介石春风得意，那是何等的风光。

2006 年 11 月 9 日

走进晓邦故里

秋天一个劲往里走，细雨连绵，寒风四起，冬日悄然逼近。这样的季节，最好不要出门，但是一不小心，我们来到了太仓，来到了沙溪镇。

印象中，太仓有个诗人叫吴梅村。“恸哭六军俱缟素，冲冠一怒为红颜”，为这首痛断柔肠的《圆圆曲》，我记住了亡国时期十分无奈的那个文化人。还有二十世纪的八一三上海抗战，日本人从这杀开一条血路，拦腰斩了一刀，导致国军的大溃退。昨夜春风吹血腥，东来橐驼满旧都，我们的汽车一步步向太仓逼近，我的脑子里充满感伤。

一到沙溪镇，寒风依然，气氛却十分热烈。大幅标语红得耀眼，欢迎“走进晓邦故里”。当时就一怔，想不明白这大名鼎鼎的“晓邦”，到底是哪一位圣人。已过了吃午饭时间，匆匆放下行李，进卫生间方便一下，洗洗手，立刻被拉去赴宴。当地领导正饿肚子恭候，大家入座，稍事客套，一个个狼吞虎咽。

正吃着，突然想起了祝酒词，人家一再提到“晓邦”。好歹也得问明白，我露怯地询问身边人，结果左右皆摇头，和我一样孤陋寡闻。大家一本正经听领导说话，一本正经点头，好像都明白，其实都不知道。于是这层纸终于被捅破，谜底揭晓，原来此晓邦乃前中国舞蹈家协会主席。隔行如隔山，在舞蹈界，这位前辈的名声如雷贯耳，对于我们这些舞蹈盲，基本上就是对牛弹琴。

第二天寒风更加凛冽，我们参观了修缮一新的吴晓邦故居，总算有了进一步认识。读万卷书，行万里路，出门走走，才能知道更多的事。今年正逢吴晓邦百年诞辰，当地政府张灯结彩，准备大举庆祝。已故的吴先生被誉为新舞蹈的奠基人，在文化搭台经济唱戏的年代，富得流油有着雄厚经济实力的沙溪镇，有这么一位叫得响的文化名人，自然不肯轻易放过。文化有时候是个很好的招牌，要提高知名度，没有这幌子还真不行。

文化是自行车的前轮，只有后面能有动力，它就可以跌跌撞撞，甚至是大踏步地往前走。云南边陲小镇和顺，也出过一位文化名人，大众哲学家艾思奇。和顺被中央电视台评为十大魅力名镇，能有此殊荣，“文化”二字功不可没。太仓沙溪镇的野心，显然不能小觑，他们正精心打造自己的形象，因为引以为豪的文化名人，数得上的还有著名教育家唐文治、著名天体物理学家龚树模、“太阳能之父”龚堡、“原子弹之父”王淦昌。经济是基础，有了这个实实在在的基础，已被评为中国历史文化名镇的沙溪人，自然还想走得更远。

沙溪出过一位我们这代人特别熟悉的“文革”名人，就是上过天安门，当选过“九大代表”的顾阿桃。她老人家一字不识，却比很多文化名人的知名度高得多。

2006年12月1日

关于顾阿桃

今天的人不知道顾阿桃，就像四十年后，人们将不再记得眼下最当红的歌星影星。四十年前，一字不识的顾阿桃，牛气冲天地登上天安门城楼，和毛主席他老人家一起，向欢呼着的人民大众挥手。

毛主席挥着他的军帽，说："人民万岁！"

徐娘半老的顾阿桃会说什么呢，大约只惦记着一遍遍地喊"毛主席万岁"。这个一字不识的农村妇女，这个特殊时代的特殊人物，在"文化大革命"的血雨腥风里，因为"活学活用"四个字，不但当上了九大代表，而且还进入大会的主席团。人生如梦，不用再说这个那个了，就凭她能如此轰轰烈烈一场，已是何等荣耀和耐人寻味。

顾阿桃最风光的日子，我刚好十岁，在江阴农村上小学。那时候江阴不像现在这么富裕，穷得仿佛万恶的旧社会，连电灯都没有。学习顾阿桃的热潮突然开始了，老师带着我们去一户学习毛泽东思想积极分子家参观，这是全大队最穷的一家人，虽然当时大多数农民都把猪养在家里，都有猪粪臭，可是像这位老农家这样又黑又脏又臭，真是不多见。

老师是位复员军人，他把我们领了进去，自己捂鼻子走了，留给他的学生一个艰巨任务，数数有多少幅毛主席像。在这位老农的家里，到处都是毛主席像，用绳子像晾衣服似的挂着，我们数了一遍又一遍，结果还是没有数清楚，所有的同学都忽视了在林副主席的胸口，还挂着一枚小小的毛主席像章。

四十年后，在顾阿桃旧居，听说这里当年也是到处挂着毛主席宝像。多少年来，一直以为是我所知道的那位老农独创，现在终于明白，原来还是顾阿桃的原创传到了离此地不远的江阴，传到了我所在的那个生产大队。

顾阿桃性格开朗能说会道，这一点，不由让人想起了《沙家浜》里的阿庆嫂。辉煌十分短暂，她是叶群培养的典型，林副主席折戟沉沙，好日子便到了头。虽然贵为省革委会常委，相当于今天的省委常委，顾阿桃的遭人白眼，很快就是家常便饭。还是同为大老粗的许世友将军给她面子，说"我们那么多人都给林彪蒙了，她一个没文化的农村妇女，上当受骗又有什么奇怪。"

如果顾阿桃活着，今年正好九十岁。她的老公还健在，一个不能再老的瘦老头子，眼泪汪汪有些辛酸地看着我们，知道来参观的这些人，好奇的目光都是冲着他死去的老妻。往事不在，据说他当年很不赞成妻子的行为，一个女人不安分守己，抛头露面出风头，何苦呢。

顾阿桃一生清贫，她的旧居像个标本，破败，哀怨，充满历史沧桑。在它周围，一座座漂亮小楼房拔地而起。此地农民正令人难以置信地致富，他们对顾阿桃的美好记忆正在模糊，也许，很快就会真忘了。

2006 年 12 月 6 日

乡关何处

少年时代背过些唐诗，大都有口无心，背了也就背了。不求甚解，反正那时候“文化大革命”，读唐诗是吃饱了撑着，没事找活解闷。其中有一句念念不忘，“日暮乡关何处是，烟波江上使人愁”。背得滚瓜烂熟，隐隐地有那么点愁意，始终想不太明白“乡关”是个什么东西。

柳永的一首词中，有“万水千山迷远近，想乡关何处”，这个乡关，自然还是明目张胆从唐诗那里抄来，而唐诗中的乡关，又更是古代文人笔下的爱物。打起笔墨官司，这就是版权纠纷。唐诗宋词中有很多抄袭，好在古人不在乎这个，当然，也没办法在乎。

学问学问，最害怕别人问。有一天，突然有人问我，什么叫乡关，冷不丁把人给问傻了。答案就在嘴边，不敢轻易说出来。提问的穷追不舍，成心要看人笑话，我于是脱口而出，大大咧咧地说“乡关者，故乡也。”这是典型的望文生义，无知就胆大，胆大就可以乱说。没想到提问的这位反倒不吭声了，我心里不踏实，回家偷偷查字典，见了鬼，厚厚的书上也是这么说的。

辛亥革命前，少年毛泽东离开了家乡，出外闯荡。这是他人生历程的第一个重要转折，临行前，改写了一首诗，夹在父亲每天必看的账簿里。诗是这么改写的，“孩儿立志出乡关，学不成名誓不还。埋骨何须桑梓地，人生无处不青山。”我不知道少年毛泽东是否知道乡关的本义，反正为了合辙押韵，只能是出“乡关”，而不是离“故乡”。

我们现在见到的这个乡，是个简化字，字一被简化，就不太会去想它的本字。繁体字的“鄉”，还多少能看出一些古趣。根据甲骨文的造型，是两个人相向对坐，共食一簋。乡的本义是用酒食款待别人，在中国文化中，吃向来是个重要内容。民以食为天，离家万里，出门在外是吃，荣归故土，衣锦还乡大快朵颐，还是吃。为客黄金尽，还家白发新，就算是混得不好，穷困潦倒囊中羞涩，无颜见家乡父老，回到老宅里还得喝酒吃肉。

乡愁是个奢侈品，是文化人没出息的表现。唐诗宋词中，有一大堆乡愁。大丈夫马革裹尸还，真英雄豪情万丈。好男儿立志出乡关，不混出点名堂，绝不惨兮兮把家还。毛主席是真牛，“别梦依稀咒逝川，故园三十二年前”，诗虽然不缺乏文人情调，满眼乡愁，可是他老人家一离韶山，愣是三十多年不照面。这一点．一般俗人绝对做不到。大人物中，邓小平更厉害，据电视专题片介绍，他离开故乡，像诗仙李白那样沿长江而下，漂洋过海，去了法兰西，然后回国走南北闯东征西伐，最后做到了西南的封疆大吏，再最后是党和国家的最高领导人，仍然是没有回过生养他的故乡。

2007 年 1 月 10 日

一片归心拟乱云

一生中最大遗憾，是没离开故乡。没离开，就谈不上归来，就谈不上乡愁。无家可归，不亦哀哉。没有乡愁，不亦憾哉。读唐诗宋词，读元人的小曲，读到关于乡愁的好句子，总有些淡淡悲凉。于右任《望大陆》中写道：葬我于高山之上兮，望我故乡；故乡不可见兮，永不能忘。这诗句深深打动了当朝的温家宝总理，为什么，因为写得好。为什么写得好，因为于老夫子离开了故乡大陆，一肚子乡愁。等是有家归未得，杜鹃休向耳边啼，难怪古人会说，欢愉之词难工，而愁苦之音易好也。

月有阴晴圆缺，人有悲欢离合，乡愁的大前提，必须是背井离乡。余光中把乡愁比喻成一张邮票，比喻成一张船票，要是不狠狠心肠走出去，老死在自己的狗窝，撑死了也只能是玩玩集邮或收藏一叠老船票。一位来自乡村的朋友，说起自己老父亲无限感慨，老人家一把年纪，竟然为了变成城里人，兴奋得像个三岁小孩子。他没有文化人的远虑，对自己赖以为生的土地被开发商拿走了，毫无丧权失地之痛，对未来可能有的严重后果全然不顾。一位德国诗人说过，哲学就是怀着永恒的乡愁寻找家园。老人家不是哲学家，他完全被眼前的利益给蒙蔽了，儿子的童年梦想，是成为一城里人，现在连老迈的父亲也是。

昔我往矣，杨柳依依，今我来思，雨雪霏霏。悲歌可以当哭，远望可以当归。城市化节奏越来越快，是好事，当然也不完全是好事。城市化使得更多的人背井离乡，使得充满诗意的乡愁，成了铸铁一般的事实。浩浩荡荡走出去，已成为历史发展的大趋势，客观地说，这不是件让人急得要跺脚的坏事。都说人挪活，树挪死，在眼下这个大时代里，好大的一棵树，从遥远的他乡搬移到大都市里来，都不一定是个死，更不用说战无不胜的人类。不妨想想，人的能耐有多大，不妨再想想，这世界各个角落，又有哪一处没有黑头发黄皮肤的中国人。

孤客一身千里外，未知归日是何年。不管怎么说，真能走到千里之外去，肯定还是个好兆头。在家则为虫，离家则为龙，湖南人毛泽东必须出湘，四川人邓小平一定要出川。伟人自有伟人的道理，为什么人和人会不一样，毛泽东能成为毛泽东，邓小平能成为邓小平，前提都是因为，他们当年勇敢地走了出去。

说来说去，还是不太清楚伟人们的乡愁会是什么模样。伟人不是普通的平常人，可毕竟也是人。逢人渐觉乡音异，却恨莺声似故山，对大多数人而言，乡愁总是难免，思乡也是注定，回不回故乡都一样。人生之悲，莫过于无家可离，离不了家。其次才是无家可归，归不了家。也许，先潇洒地走遍天下，再带着些乡愁过年回家，这才是最普遍最令大家向往的人之常情。

2007年1月14日

文化中的南京

南京这城市，很容易先入为主，给人良好影响。许多人还没亲历现场，心已事先被折服。譬如唐朝的刘禹锡，根据施蛰存先生考证，他并没有以旅游者身份来过南京，可是没调查没发言权这话对他不适用，在这位大诗人眼里，六朝古都不过是一座纸上的城市，他眼红别人写的几首关于金陵的诗，技痒难熬也一气写了五首。其中两首七绝成为南京最著名的商标，为有名或无名的书画家所热爱，挂在各大宾馆酒店的墙壁上供人瞻仰。“山围故国周遭在，潮打空城寂寞回”，是咏石头城。“旧时王谢堂前燕，飞入寻常百姓家”，是今昔的对照和感叹。

唐诗宋词中，南京充满文化。文化的味道有点酸，也有点自娱自乐。文化人通常都不会太得志，不得志，借着南京的悠悠历史，便可以弄点小酒，追古抚今发个牢骚。风吹柳絮，吴姬压酒，李白很潇洒地来了，先一个劲儿猛喝酒，干杯干杯再干杯，然后玩一回开心辞典，考考前来送行的金陵子弟。“请君试问东流水，别意与之谁短长”，这两个东西没办法比，无形的别意与有形的流水，没办法比就是文化，就是诗。

浮云蔽日，长安难见，南京这城市有着太多历史的含金量，因为多，常把访问者绕糊涂了。外地的文化人来南京，借着知道的那点唐诗宋词，动不动就要问起“无情最是台城柳”的台城，就要问起“二水中分白鹭洲”的白鹭洲，这些地名旅游图册上仍然还有，但是你如果真相信了，那就只能上当。

也还是在唐朝，杜牧的“商女不知亡国恨，隔江犹唱后庭花”，活生生把南京钉在了历史耻辱柱上。这城市以出亡国的后主闻名，大名鼎鼎的孙权是如何英雄，他的后人却想用条铁索锁住滚滚的长江。接下来的陈后主李后主，更是一蟹不如一蟹，个个见美人情长，当英雄气短。都是些没出息的皇帝，城岂能不破，国焉能不亡。陈寅恪先生对杜枚的诗进行考订，得出一个斩钉截铁的结论，认定不知亡国恨的商女，应是“扬州之歌女而在秦淮商人舟中”，他觉得我们对这诗的理解，有着不小的偏差，是“模糊笼统，随声附和，推为绝唱，殊可笑也”。

我是地道南京人，对陈先生一向佩服，这个独到的见解只能笑纳。把南京从失败的耻辱柱上放下来，好意固然可以心领，但是大多数读者，大多数有点文化的人，怕是还不肯轻易放过。南京一方面大沾文化的光，一方面又实实在在受文化的累。历史和文化这些好词，从来就不会平白无故。若以歌咏的旧诗词作为评定标准，无论数量还是质量，南京一定会名列前茅，就此得出结论，南京最有历史最有文化，也不能算是大错，而所谓有历史有文化，又不能不和这城市的没出息分开。

2007年1月31日　河西

贵族长什么模样

贵族长什么模样，真说不清楚。一直疑心这是个外来词，说老实话，有人一提到什么贵族，我总是会首先想到洋人，穿镶金的锦缎衣服，戴着假发套，手上拿拐杖，说话假模假样。印象中，中国古代文人并不太看好所谓的贵，越是穷人，越是没钱，越喜欢在名字中嵌入一个贵，譬如鲁迅笔下的阿 Q，很多人包括鲁迅自己，都怀疑他本名就叫阿贵。

事实上，读古人书，很少见到贵族两字，“贵”常会显得没文化。在《世说新语》那个时代，有个叫周浚的人，当过扬州刺史，看中一美眉叫络秀，想娶她做小老婆，美眉的父亲和哥哥不肯答应，说我家也不是很穷，凭什么把好端端的闺女给你做二奶。倒是这络秀想得开，有大款不傍，那是呆子，她大义凛然地说：

“门户殄瘁，何惜一女，若连姻贵族，将来或大益。”

“殄瘁”是衰微的意思，络秀做通了父亲和哥哥的思想工作，“屈节作妾”，还就嫁对了人。侯门一入深如海，络秀如愿嫁了贵族，生个儿子叫伯仁，就是那位“我不杀伯仁，伯仁因我而死”的伯仁，这是个流芳百世的人物。贵族又叫华族，又叫大族和豪族，俗称

“大户人家”。中国人讲究门第，也不完全看这个，就像佛教徒有不同门派，我们并不像欧洲贵族那样一味讲究世袭。帝王将相，宁有种乎，中国有科举制度，一次成功的考试足以立刻改变命运，科举可以让人立地成佛。

有人说贵族只是一种精神，这说法很有创意，可惜站不住脚，皮之不存，毛将焉附。前年网上曾热闹过一阵贵族游戏，一网名叫易烨卿的女子，在网上大发英雄帖，诉说自己如何贵族，另一位叫北纬六十七度三分的贵族公子拍案而起，跳出来说她如何不是，结果两人唇枪舌剑，引来非常高的点击率，共有四千多人次参战，据说要想完整看完这帖子，得赔上七个小时。

这是网络时代的盛宴，表面上看，是关于“上流社会”的一场大辩论，最终却归结到一个由来已久的话题，这就是富人该不该歧视穷人。结论当然是不应该，在现实世界，无论富人怎么快活，无论穷人怎么艰难，舆论通常都是向着穷人。但是富人的生活毕竟还是令人向往，大家心里都明白，舆论归舆论，吃亏的终究是穷人，占便宜的永远是富人。

贵族是个娱乐性话题，只能逗大家玩玩。听说冯小刚拍完《夜宴》，下一部影片叫《贵族》，凭直觉判断，这应该是部搞笑的喜剧。贵族在今天如果不可笑，那就一定不是真正的贵族。在灿烂的现代社会，真正的贵族注定是令人生厌，除了天真的可笑，贵族应该与这些字眼联系在一起，那就是最后，是破败和颓废，是疯狂和白痴。

2007 年 2 月 25 日

王羲之怎么死的

不知道为什么突然对这话题产生兴趣，上网搜索，也没很好的答案。一种说法是因为长期服用五石散，用今天的话说，差不多就是吸大烟，中毒而亡。这说法我不太赞成，一个大书法家，一个被称之为书圣的人，不说德艺双馨，怎么也不能坏在这事上，再说了，人家好歹活五十九岁，那年头活这把年纪已不错，不吃五石散，或许活不到这岁数。

王羲之晚年誓墓不仕，坚决不再当官。这个可不是清高，学而优则仕，在古代中国，当官意味着对一个人的肯定。不当官，必定有原因，难免什么委屈。通常是郁郁不得志，你觉得自己行，领导并不是这么认为。典型的例子是屈原大夫，众人皆醉我独醒，活脱一个不识时务者，不像陶渊明直截了当，我丫就是不愿为五斗米折腰，为什么，官太小了。

王羲之不当官，主要还是为赌气。一般人印象中，六朝名流都清高，越清高，越容易意气用事。据史料记载，王羲之最看不上的一个人，叫王述，也就是那个吃鸡蛋犯傻的家伙，因为袭爵蓝田侯，人称王蓝田。知道一点《世说新语》的人，都忘不了他对付鸡蛋的可笑劲。王羲之一生最不服气的就是这位有点傻的王蓝田，人总会有些想不开，王羲之绝不会想到自己书法写得好，若干年后，人们只会记得他的名字。

小时候，我爹常用他爹的育儿法来开导我，说做人要低调，要小心翼翼。是个人都会有优点，因此要看别人长处，千万不要看不起，看不起别人其实就是看不起自己。可惜王羲之不可能听到我爷爷和我爹的训话，他太狂妄了，虽然在《兰亭集序》里，那么有气量有涵养，那么高瞻远瞩，内心的真实世界并不是那样。人不能看嘴上说，也不能看文章写，要认识一个人，还得是看他怎么做。

搁历史上，王蓝田也算是个人物。王羲之对自己儿子说，我和王蓝田比起来，要说能耐，并不比他差，却远没有他小子混得好，你们当儿子的，自然也就更不如他的儿子了。王羲之的这番私房话，当时倒也是实情。不如你的人混得比你好，心里无疑会不痛快，官大一级气死人，男人成功不成功，只看头上乌纱帽大小。王羲之父子与王蓝田父子相比，官场皆不得意，心高则气傲，气太傲，就会不合时宜。

王羲之最大的丢脸，是自说自话想升官。王蓝田升任扬州刺史，这相当于今天的省长，王羲之主管会稽郡，相当于今天的市级领导，他听说王蓝田升了，立刻派人去朝廷，要求将自己的会稽升为越州，也提升到省级的头衔。派去的那人偏偏是个不会说话的傻×，结果官没升到，反让大家一番讥笑。王羲之于是又羞又怒，“遂称病去郡，以愤慨致终”。

2007年3月5日

古人也曾包装

三国之后，是司马氏的晋朝，有个叫左思的文人心血来潮，想写三国的旧都。于是构思十年，寻人访事，写成了轰动一时的《三都赋》。结果令人羡慕，过程却不无可怜，因为左思是出身寒门的无名之辈，早丧先妣，除了用功，也没别的什么招数。史料上说，他为了这个《三都赋》，“门庭藩溷皆著纸笔，遇得一句，即便疏之”。

从大门到厕所，一路都备好了纸和笔，有一句赶紧写一句，真是不容易。文章刚写完，就有人“讥訾”，也就是非难，说这是什么狗屁。有个比左思更牛的文人叫陆机，觉得这是个好题材，也曾想写，听说他已先动笔了，便“抚掌而笑”，写信给自己弟弟，说洛阳城里有个傻家伙竟然想写《三都赋》，好吧，等他写完了，我们可以用它来盖酒坛子。

好在陆机还不是有眼无珠，真看了左思的文章，大为赞赏，立刻知道自己不是对手。奇文共赏，在一开始，《三都赋》也就是小圈子里叫好。有个叫张华的文人又为左思出主意，说文章还得靠包装，“君文未重于世，宜以经高名之士”。用今天的话说，得请个名人写序。于是请了一个叫皇甫谧的名角写序，他一说好，别人不敢再说不好，不说不好，一个个都跟着叫起好来。这一叫好，立刻火了，大家争相传抄，结果便是“洛阳为之纸贵”。

我从来没有把《三都赋》读完，只记得其中的“吴都赋”有几句不错。或许生长在南京的关系，对于描写此地的好句子，总是情有独钟。六朝时期的文章，大都是骈文，风格夸张绮丽，左思描写南京的昔日繁华，“挥袖风飘，而红尘昼昏；流汗霡霂，而中逵泥泞”，翻译成流行大白话，就是人太多了，挥袖子扬起的灰尘可以蔽日，身上流下的汗珠滴路上便成一片水浆。

左思长得很丑，他生活的那个时代，很像今天女足球迷爱帅哥，美男子在街上走，往往引来喝彩。有个叫潘岳的文人玉树临风，到处都是粉丝，左思也想“效岳游遨”，在女读者面前露脸，结果“群妪齐共乱唾之”，他只能“委顿而返”。洛阳纸贵并没带来什么太大好处，他也就是火了一阵而已，妹妹左芬与哥哥一样又丑又有才，皇帝要装门面，表示自己有文化，便把她弄宫里当了贵妃，可怜她“姿陋体羸”，很快便打入冷宫。

印象中，左思的诗比赋好。相依为命的妹妹进宫，生离成了死别，他的《悼离赠别》是四言诗，情辞恳切，成就并不在《三都赋》之下。查《辞海·文学分册》，为左思作序的皇甫谧没被收入，本文提到的另外几位文人，虽然名列其中，可惜除了左思，陆机张华潘岳都是被杀，结局十分糟糕。由此可见，对文人来说，那可真不是个好的年代。

2007年3月7日

古代文人的当官

唐朝的时候，杜甫和岑参同在朝中做小官。那年头没作家协会，不给诗人发工资，又不可以发表拿稿费，只能自娱自乐，相互赠诗打发无聊时光。始终搞不明白唐朝官场职务的大小，只知道这两个诗人，一个是拾遗，一个是补阙，都是不能再小的官。望文生义，所谓拾遗，是给朝廷提些不痛不痒的建议，而补阙，是为朝廷找点不大不小的毛病。搁在今天，撑死了是个科级副处，或者县区级的人大代表。

学而优则仕，这是文人的理想。文人当官，起码在中国古代，从来不是丢面子的事。当个小官也能兢兢业业，这是读书人的本分。不过说老实话，也许与童年接受的英雄主义教育有关，对文人当官，尤其是当弼马温，多少有些看不上眼。十大元帅十大将，我崇拜的都是英雄好汉。文人既然当官，最豪迈的就是投笔从戎，风萧萧兮易水寒，壮士一去，要么不还，要么弄个师长旅长干干。人生一世，出将入相，干就得干出些名堂。

杜甫又被称为杜拾遗，记得刚读杜诗时，总是喜欢不起来，一个重要原因，是诗中常见那些可怜之处。“明朝有封事，数问夜如何”，第二天要去上朝汇报，他老人家竟然紧张得一夜都睡不好，一遍遍问人家几点钟了。当官是有头有脸的买卖，当到这个份上，何苦。杜甫的粉丝硬说这表明了诗人的高风亮节，说人家老杜上朝，汇报芝麻绿豆的小事，也是如履薄冰，辗转反侧，为人臣子就应该这样。要忠心耿耿，不能因为自己官小，就混日子。

岑参与杜甫相比，显然要潇洒一点点，知道该怎么混日子。在写给杜甫的诗中，他描述自己的工作，干干脆脆地说，“圣朝无阙事，自觉谏书稀”。意思是说，今上太好了，让我这个补阙小吏，竟然挑不出什么小毛病。明眼人一看就知道他没说真心话，安史之乱以后，盛世已不复存在，大唐正走下坡路，这谁都能看见。马屁拍得很肉麻，说给杜甫听又有什么意思呢，难道杜甫会把这诗送给皇上看，不可能。

大诗人屈原给人的印象，牢骚满腹，郁郁不得志。众人皆醉我独醒，生不逢时，完全是愤青形象。当年初读《离骚》，或许人太浅薄，学养不足，我怎么也读不出个好来，只觉得老是在闹情绪，一切皆不满意，原因就是楚王不肯赏识，不肯给他一个恰当的官做，不给他施展才华的机会。

另一位大诗人李白也如出一辙，“生不愿封万户侯，但愿一识韩荆州”。这韩荆州什么玩意，差不多就是奸臣，给诗人提靴子都不配，李白却偏要热脸贴冷屁股，有辱斯文地去巴结。

百无一用是书生，古代文人当官，当好的，扳指头数数，真不多。

2006年11月8日

爱杀诗人

有个和毕加索差不多的画家，当年画坛上也小有名气，老惦记着要和毕加索一争高低。毕加索宽宏大量地对别人说，这家伙是我朋友，他的画确实还不错。那画家是个没心计的，既然毕加索肯抬举，也就不计前嫌，把他当成了知音。

两人你来我往，为表示友谊，各挑了对方的一幅画，毕加索花大价钱买下一幅很差的画，那画家也依葫芦画瓢，却买了一幅毕加索的精品。各自挂在自己画室，那画家心想，毕加索真傻×，我以劣换精，倒是占了大便宜。他没想到这画跟广告一样，别人跑到毕加索画室去参观，看了他的画，便会忍不住说，这个和毕加索齐名的画家，画怎么这么糟糕。毕加索只好叹气说，有什么办法呢，他的画就这样，可是他觉得画得与我一样好。

人和人玩，最能见智慧，毕加索是二十世纪最伟大的画家，也是最会玩人的艺术大师。文人间钩心斗角，总会产生一些有趣的故事。在中国古代六朝，一个叫殷少浩的人，与当时的大将军桓温文才齐名，桓温官大，以傲慢的口气问殷，你和我相比，谁更强一些。殷少浩也是个高人，很有智慧地说，我跟自己玩惯了，还是就做做我自己算了。这话答得十分漂亮，桓温听了无可奈何。不过殷少浩仍然有失算之处，当年曾写过一首诗向桓温谄媚，桓温以此为把柄，时不时要敲打他一下，说你以后别招我，惹火了我，我会把你拍马屁的诗拿出来给别人看。六朝人讲究风流，讲究儒雅，更讲究气节，殷少浩叫人捏着这么一个短，真是一失足，千古恨。

要说玩，殷少浩远不是桓温的对手。这是明争，还有暗斗，唐诗人李贺有个表兄，极其嫉妒表弟，最受不了李贺的地方，是李贺太傲气，根本不把他放眼里，李贺死了，这位表兄为泄愤，竟然将李贺的诗稿用最快速度收集起来，然后全部"投溷"，也就是投到了茅厕。这事记录在了《幽闲鼓吹》一书中，还被清人当笑话写在了戏里。

唐诗人张藉喜欢杜诗，是他的超级粉丝，追星方式有些特别，具体做法是将杜诗烧成灰烬，然后"副以膏密"，当补药吃。这一招真邪门，用张藉的原话就是，"令吾肝肠从此改易"。当然，最恐怖的还是宋之问，这位老兄也是唐众诗人中的一个，看中自己外甥刘希夷的诗，喜欢那句"年年岁岁花相似，岁岁年年人不同"，为了据为己有，竟然"怒以土囊压杀之"，将刘给活埋了，这事今天说起来，都让人毛骨悚然。

宋之问在文坛上留下恶名，除了"爱杀诗人"，还因谄事武则天男宠张易之张昌宗兄弟，"天下丑其行"，为士林所不齿。唐玄宗也很讨厌他，刚当上皇帝，便下诏赐他一死。

2007 年 3 月 10 日

东方的俾斯麦

多少年前，李鸿章的一世英名还没毁，深得皇上宠爱，据说当时的名号十分响亮，是“东方的俾斯麦”。后来不行了，都觉得咱们这中国，太有文化，怎么也不像人家德意志那么强悍野蛮。这西洋人委实不是个东西，还是走近路学日本人算了，便换个称呼，称他为中国的“伊藤博文”。

熟悉历史的都知道，李文忠公的作为，与俾斯麦和伊藤博文两位首相，没办法同日而语。这是在拿一头公羊与狮子和老虎做比较，有人说，李鸿章辜负了大家希望，罪不在他，问题出在那些期望值太高的吹鼓手身上。什么人玩什么鸟，李鸿章若生在德国，若生在日本，他很可能比俾斯麦更俾斯麦，比伊藤博文更伊藤博文。

报纸上把某篮球运动员称为中国的乔丹，又把某足球运动员称为中国的齐达内，某电影女演员是中国的斯特里普，某歌手是中国的帕瓦罗蒂，某刑警队长是中国的福尔摩斯。不由想起课堂上教授的训导，说比较文学这门课根本不应该成立，事实上只要是个文学，就不能不比较。比较是品评的基础，拿基础说事，往往跟没说一样，这是一种庸俗化的倾向。比较是必要的，只是比较一离谱，就不好玩了，就把原有的一点儿意思，硬弄成了不好意思。目的想说是，结论却是大家都说不是。

王小波讥讽“中国物理是阴阳，中国化学是五行，中国数学是八卦”，说这些都是老祖宗早就替我们发明好的文化遗产。如今的媒体要想谋害谁，不妨编些中国的什么来惹人生气。这一招百试不爽，读者肯定会暴怒。在球迷的心目中，乔丹不仅仅是美国人，齐达内也不仅仅是法国人，非要让他们具备中国特色，把老虎捉回家去当猫养，太可笑。

李鸿章访问欧洲时，曾向俾斯麦虚心请教，俾斯麦给的强国之策倒也简单，那就是“练兵立国”。李鸿章听了，大有英雄所见略同之感慨，差一点儿老泪纵横。要说“练兵立国”，对胸怀大志的李中堂来说，实在算不上什么新鲜事，此前他老人家一直在这么做，可惜“橘生淮南则为橘，生于淮北则为枳”，叶子和枝形虽然差不多，“其味实不同”，相差太远了。当时正是甲午惨败不久，李鸿章刚在割地赔款的马关条约上签了字，国人恨之入骨，对他的态度是“皆曰可杀”。朝野显然都觉得不练兵，就不会与日本打仗，不打仗，台湾也不会因此赔掉。

最近，英国广播公司发表评论，针对中国一些地方对世界第一的过分强调，认为这是一种弱国心态的表现。仔细想想，东方的俾斯麦、中国的乔丹和齐达内，与那个“世界第一”，都差不多，都有点弱。

2006 年 5 月 30 日

厉害的川人

川人厉害，这是从小就有的印象。评介一个地方的人物怎么样，首先是看在军界的表现。武人最高境界是元帅，共产党的十大元帅四川竟然占四个，属于绝对控股。

俗话说，在川为虫出川为龙，川人想出息大，最好是出川，像李白那样浪迹天下，像苏东坡那样随处做官。窝居峨眉山下，困守成都平原，要想混到元帅这种级别，只能痴心梦想。邓小平为什么厉害，不让他去法国勤工俭学，不到欧洲去开开眼界，很多事还真不好说。

一个人眼界非常重要，二十世纪七十年末，邓公重新复出，虽然七十高龄，依然兴致勃勃去了日本，去了美国。耳听为虚眼见为实，要不是他老人家目睹资本主义，看到人家的发达和繁荣，我们今天享受的改革开放成果，或许根本无从谈起。

历史是发展的，川人出川，说白了也只是一种成见。关键还在于有什么样的眼界，过去交通闭塞，闭塞难免保守，蜀道之难难于上青天，那年头不走出去真是不行。现在不同了，坐地日行八万里，地球变成一个村落，以我在四川的所见所闻，突然明白厉害的川人留在此地，一样可以大有作为。

譬如白夜酒吧的老板娘翟永明，应该是舒婷之后最好的女诗人，文化人到成都，不去她那喝酒品茶偷窥风采，真是枉到四川。她是《沙家浜》中精明能干的阿庆嫂，又仿佛当垆卖酒的卓文君，常让我们这些被斥为二奶的专业作家汗颜。

譬如小说家阿来，他是藏人，小说写得好，办刊物也是高手。一家连年亏损的杂志到手里，没几年工夫，草鸡变凤凰，又买房又置地，几乎赶上资质很好的企业。外面都传说他挣了很多钱，我充满好奇，阿来笑着说都是为国家挣的。

最极端例子是有位叫樊建川的仁兄，当知青、当兵、上大学、当酒厂厂长、当常务副市长、下海玩房地产，干什么成什么。最后又大张旗鼓玩收藏，别人干这买卖都是小心翼翼，他却大包大揽，刘文彩“收租院”那样的大公馆，一下子收藏了十多家。他敢拍着胸脯宣布，私人收藏抗战和“文革”文物，没人能与他叫板。一般人设一博物馆已很牛，这樊仁兄倒好，一玩一大群，美其名曰“博物馆聚落”。据说为了这些博物馆，每年要赔上一千多万。什么叫牛人，这个就叫，将心比心，让我赔一千多块，都睡不踏实。

父亲小时在四川待过八年，抗战当难民，他记忆中川人很狂，看不起下江人。下江人好比上海人眼中的外地人，一方水土养一方人，父亲常说，狂妄自有狂妄的道理。这年头没仗可打，只能玩文化，而玩玩文化，也得看是否玩出了名堂。

2007年5月18日

苏州人牛在哪

真往古时候说，苏州算不上什么好地方，譬如汉朝的司马迁眼里，中国土地分成九个档次，苏州的所在区域，属于让人感到尴尬的最后。后来江南大开发，到了唐宋，这里逐渐牛起来，经济开始起飞。于是天下财富数这地方最多，所谓“江南居十九”，国家财政收入的十块大洋，有九块是江南的贡献。江南不是苏州一家，若没有了姑苏这道菜，这桌宴席怕是也没办法弄。

朋友们聚在一起聊天，想不明白苏州为什么能一直这么牛。历史文化名城中，发达的城市有一大串，唯有苏州保持的亢奋状态最为持久。三十年河东，四十年河西，苏州人一旦阔了，似乎再也没有穷过。这究竟是为什么，大家各抒己见，我的观点是苏州人沾了两个光，一是善于规划，二是有富贵传统。

好的规划莫过于九百年前的苏州再造，那时候金兵来袭，好端端的一个城市破坏得不成模样，苏州人索性以城外的河湖为依托，引水进城，有计划地开凿了一条条河道，构成了非常完善的城市交通系统。传统中国民居都是坐北朝南，太湖在城西，大海在城东，湖水潺潺东流，前街后河家家临水，便成了此地日常生活的情景。

我们心目中的那个苏州，通常都是“水陆相邻，河街并行”，这个传统并不是天生，它能力于人工，靠的是历史上一个好规划。好的规划可以有上千年的深远影响。其实就城市功能而言，老苏州早已遭遇了太多的现代化障碍，而解决这些棘手问题的出路，说白了就是只能再造一个全新的苏州。螺蛳壳里做不出道场，要想继续做一只经济的领头羊，必须要有新的好的城市规划。

苏州人说起自己的高新开发区，眉飞色舞情不自禁。经济腾飞在有着富贵传统的苏州人那里并不算奇迹，但是今昔对照，面对一系列惊人的统计数据，那种强烈的自豪感仍然按捺不住。一位苏州官员告诉我们，有钱的洋人很乐意把银子拿到苏州来，为什么愿意在这投资，因为这地方有文化底蕴。

不由得在心里感到好笑，想自己这些年不说见多识广，好歹也去过一些码头。说到文化底蕴，中国毕竟是泱泱大国，几千年辉煌历史，几乎没有一个地方不说自己有底蕴。外国人又不傻，他才不会跑到中国来投资文化，情人眼里出西施，洋人老板一眼相中苏州，是看中了富贵传统，看中了这里做事有板有眼，也就是有好的规划，因此才敢大胆放心地过来投资。一个巴掌拍不响，就相当于我们心甘情愿把钱放在银行，不是老百姓手头有钱，是为了这家银行有实力，有很高的利息和回报。

2007年11月14日

记忆八卦洲

记忆中的八卦洲，最初还有些少年气息，那是刚读初一，秋收秋种季节，在老师的率领下，我们稀里糊涂地去了。现在回想起来一片糊涂，只记得挤在渡船上，有人惊呼“快看，快看”。我什么也没看到，根据眼快的同学讲，他们看到了江猪。我甚至记不清在哪儿上船，转眼快四十年，这么多年的往事，早已陈谷子烂芝麻，不该忘也忘了。

此前我在江阴农村待过两年，有捉螃蟹的经验，当天就在水沟边捉了两个大螃蟹。那时候的八卦洲有许多野生螃蟹，当地农民见怪不怪，同学们十分惊奇。我们拎着螃蟹到处招摇，可惜当时男女生不说话，也没机会拿到女生那去显摆。

接下来两次隔江遥望，仍然与螃蟹有关系。几年后中学毕业，我进工厂当小工人，有人要去北京，为了给祖父带些螃蟹，我与朋友在江对面的燕子矶守候，等候早班渡船，买农民拎手上要卖的螃蟹，很快搜罗了一面粉口袋，然后匆匆扫一眼对岸的八卦洲，凯旋。这以后又过若干年，是八十年代初上大学，有一次集体活动夜游长江，船上灯火通明，八卦洲看过去一片黑，我一下子想起了当年，秋收，秋种，水沟边自由自在的螃蟹，码头上翘首企盼等渡船过来。正好那次游船上小卖部有烧熟的螃蟹供应，一位从未见识过的湖南同学，不相信这张牙舞爪的玩意能吃，于是我们一同起哄，让他无论如何试试，说在南京混了几年大学，连螃蟹都没吃过岂不罪过。

印象中的八卦洲，与江南水乡没太大区别，成片的水稻田，一条条沟渠。印象当然靠不住，毕竟浮光掠影，很显然，我的记忆也没什么货真价实，不过看了几本书，接触过一些资料，多少知道点历史。我知道这里曾是满族人的天下，知道这里的所谓土著，祖上大多数是安徽无为人。八卦洲紧挨着南京，或者干脆说，它就是这城市的一部分，真正熟悉它的市民并不多。

这些年有机会又去过几次八卦洲，残缺的记忆变得更加不靠谱。眼见为实，首先吃惊它的巨大，原以为只是江中间一个小岛，没想到面积竟然与南京城区差不多。其次没想到有那么多的树，成片的柳树，成片的白杨林，一眼望不到边。记忆中江南水乡的田园风光不复存在，非常大的变化正在身边悄悄发生，我们却很可能一点儿都没察觉。

今天的八卦洲，已成为保护市民不受污染的重要屏障，计划中这里将是一个江中森林公园，将成为南京这个城市用来净化呼吸的肺。众所周知，八卦洲的那边是江北化工区，有着太多国家级的重点化学工业，它们是历史留给南京的一笔财富，同时也是一个很重的负担。为了化解这负担，必须有一个绿色的八卦洲来买单。

2008 年 3 月 2 日

赶乡间的庙会

这几年，在乡间租了一套房子，便算半个乡下人。春天来了，免不了要去凑庙会的热闹，每次去，都为人多嘈杂后悔，来年到了日子，又忍不住再去。

农民兄弟很看重这个庙会，虽然进入网络时代，已全球化，庙会还是庙会。好长一条街，两头都有警车拦着，公路上远远地就戒严，人们喜气洋洋，大喇叭在喊，小喇叭在喊，大人孩子扯足嗓子招呼。竟然在马路边看到了马戏团，困在小铁笼子里的大狮子，可怜连个转身的余地都没有，见不到一点儿兽中之王的威风，动物保护组织看到了真不知如何心痛。显然没什么人愿意看表演，班主领着几个花枝招展的小姐站那搔首弄姿，嗓子早喊哑了。

毕竟不是物质匮乏年代，没人真想在庙会上买什么。大家只是喜欢热闹的气氛，有人埋怨，也有人拌嘴吵架，欢乐祥和的气氛始终存在。有人沿街占了很大一块地盘，长长一大溜，放着同一种品牌和款式的皮鞋，游人匆匆走过，谁都懒得停下来看一眼。做生意的俨然有些古风，无所谓你买不买他的鞋，无所谓这样做值不值得，满足的只是众目睽睽之下终于当了回老板。不远处另一位老板也是占了大块地盘，也是卖鞋，是解放鞋，当年的解放军都穿这个，现在只有民工才穿，记得周星驰喜剧片《少林足球》中就有这鞋，那是一位大老板赞助的。

我们在庙会上买了一些树苗，去年买过一棵枇杷，今年意犹未尽，又买一棵，还买了四株紫薇。树苗长得快，前年买的小桃树，只有手指那么细，两年一过，已经手腕一样粗，既开花也结果。门前已种了各种果苗，一棵的有山楂、枣树、樱桃、梅花，两棵的是桃树，周围还有柿子树、李子树，还有一棵长不大的梨树，都是小树苗，有些像小孩子玩宠物过家家，就图个一时高兴。也许日后再放养几只鸡，添上一条狗，插几丛菊花，就是标准的田园生活，只可惜这房子是租的，究竟能住多久也说不好。

庙会已改名“物资交易会”，原有的那点民俗情调都没了，我在街上东张西望很茫然，老婆同志自始至终情绪饱满，看什么都新鲜。买了一大包橘子，酸得让人出汗，偏说这样才本色，才过瘾，如今的橘子都太甜，仿佛注射了糖液。卖主连声夸内行，然后竭力推荐他的甘蔗，说是自己种植，绝对没施过化肥。

我在旁边一个劲反对，因为根据不多的农业知识，这一带种甘蔗怎么也不合时宜，但是老婆非要相信，她顽固地认为，赶庙会的农民必定纯朴，不可能骗人，于是我这惧内的男人只能左手树苗，右手甘蔗，在春天灿烂的阳光下，在人堆里，狠狠地流一身汗。

2008 年 3 月 9 日　南山

俺心目中的山东人

俺心目中的山东人，肯定不是孔子和孟子，这两个人太一本正经，不适合做一个地方代表。孔孟是中国古代文化的精英，因为精英，就没什么普遍性。

古时候的山东文化，差不多都跑江苏去了，东晋南渡，齐鲁文化人玩了一次集体大逃亡，我所居住的城市南京，动不动喜欢吹嘘六朝人物道仙风骨，其实这些名士大多是山东移民。所以我跟山东人开玩笑，要寻找山东的古风，应该先到南京。后来又有宋朝南迁，文化人又跟着逃命，研究辛弃疾和李清照，就得辛苦一点儿跑趟江浙。

心目中最形象的山东人是韩复榘，这么戏说，山东的父老乡亲肯定不乐意。首先，这姓韩的根本不是山东人，他的籍贯是河北霸县（今霸州市）。其次，也不是小品相声中那么滑稽可笑，他远比我们知道的有文化。实事求是说，韩青天当年在山东做官，这官当得并不太差劲，以政绩论，曾是山东发展非常好的一个时期，他只是太倒霉了，遇上了日本鬼子。

我有一大堆山东朋友，各行各业，个个肝胆相照，豪爽仗义，都爱打抱不平，都可以两肋插刀，也都有那点小毛病，就是爱斗，对谁也不服气。喜欢竞争从来不是坏事，共产党的哲学就是斗争哲学，心高气傲斗斗也挺好玩，不过在我这个胆小的外地人眼里，什么事都太较真，太原则，难免有喜剧和小品的效果，这也是为什么会联想到韩复榘的原因。

一方水土养一方人，这是讲环境的重要。不过我们经常也会忽视人的主观能动性。树挪死，人挪活，山东人从来就不是静止不动，事实上，他们也像水一样流动，在波澜不惊中悄悄改变自己的性格。历史地看，很多古代山东人随中央政府南迁了，把先进的中原文化带到江南，促进了当地的经济发展。同时，他们走了别人也会来，大量的外地移民乘虚而入，又填补了原住民留下的真空。人类学家对今天的山东人进行分析，结论是很多人的先辈，是山西人或者深受汉文化影响的鲜卑人，这也就是为什么山东人纯朴和好斗，纯朴仿佛山西老农，好斗就像粗犷彪悍的北方游牧民族。

山东与江苏是相邻的两个省，远亲不如近邻，要是知道苏州人的一笔糊涂账，山东人只能哭笑不得。在老派的苏州人心中，长江以北都叫江北，淮河北面应该都是山东。这观点听起来十分天真，却由来已久很有来头。江苏是个年轻的省份，由江南江北淮北三大块组成，历史上的淮北地区，譬如徐州和连云港，与山东渊源更近，民风和饮食习惯也更像。山东建省要早江苏好几百年，面积也大得多，版图一度包括今天的辽宁，对于江苏境内狭小的江南来说，山东已足以代表整个北方。

2008年3月19日

我们该喝什么茶

过去交通不便，江南人在北方经商做官，思乡情切，春天里尝鲜喝上一口新茶，就仿佛重回故乡。渐渐地，喝春茶成为一种时尚，稍有点文化的人都喜欢卖弄。以江浙人为例，动辄龙井碧螺春，必定明前雨前。

其实会喝茶的心里也明白，好的雨前并不比明前差，谷雨和清明相差一个节气，以名贵论，明前更占上风，说起耐泡经喝，说起性价比，显然还是雨前茶。记得小时候，父亲在春天要买很多新茶，那年头没有冰箱，连塑料袋都很少见，最好的贮存方法是搁在热水瓶里。

我们该喝什么茶，本来不是个问题，更没有统一标准，爱喝什么喝什么，跟谈恋爱一样。认识的很多人，天天喝茶，喝高档的好茶，基本上不花钱买。过去茶叶是贡品，各地都把好茶往京城送，皇帝又不知道什么茶好，由着太监们乱说，因此喜欢喝茶的只相信自己口感，绝不会把御茶贡品当回事。我觉得今天最大的糟糕，大家都不从口袋掏钱买茶喝，别人送，单位里发，于是都被动地喝，人人都像皇帝一样，闹不明白什么茶更好。

烟酒茶可以很贵很贵，相当地贵，抽中华烟，喝茅台酒，白抽白喝，那是成功人士的标志。判断茶好坏通常是价格，天价已不新鲜，再贵都不会离谱。喝茶的真实心境，已从平常变态为猎奇，与质疑好烟好酒一样，往往是这玩意真的值这么多银子吗。属于日常的东西，一旦变成高贵礼品，难免失去本性，失去基本判断，白吃白喝会让人的味觉变得迟钝，让人的品格变得低俗。喝茶本来只是一种习惯，如果自己花钱去买，会非常简单地选爱喝的那种，而且不排除价廉物美。这世界上并不是人人都大款，只有自己破费，人们才会知道什么是最合适。

现如今的喝茶，又多一个讲究，增加了一个难度，那就是要安全。就算我们已准备掏钱，有很好的品茗经验，也不知道买什么样的茶才正确。贵不一定好，便宜很可能一定不好。茶叶的污染众所周知，有太多原因，废气、化肥、灰尘，为了获得暴利的造假。谈虎色变有些夸张，但是谁也不敢说我们天天要喝的茶，没有这样那样的严重问题。国家质检部门对茶叶有一系列强制检测标准，重点是农药残留和重金属铅含量，这些检测都非常专业，我们不过是普通消费者，绝不可能仅仅凭口感就能判断。

曾向一位茶叶专家请教，究竟喝什么茶才更安全，是绿茶，还是红茶，或者铁观音和普洱。专家笑着解释，说所有的茶都应该是安全的，起码在理论上，前提是种植和加工的时候，它们没有被污染过。

2008年3月28日

在凤冈喝茶

凤冈位于贵州东北，离湖南张家界并不太远，与沈从文的故乡凤凰更近。这些年因为茶叶好卖，外出打工的农民纷纷重返家乡。我对贵州印象一直很好，加上这次的凤冈之行，已是三次拜访，地点不一样，感觉差不多。

贵州人很幽默，介绍自己喜欢说一个穷，尤其面对所谓发达地区的客人。现在发达常和 GDP 捆绑，贵州让“三言二语”活生生坏了声誉，舆论的作用巨大，天无三日晴，地无三尺平，人无三分银，再加夜郎自大和黔驴技穷，要想平反申冤，改变陈旧观念还真不容易。

贫穷不是什么坏事，共产党的天下就靠这个才获得，“出身三代贫雇农”曾经非常时髦，远胜于当下的流行词大款。我们已习惯炫贫不露富，即使在今天，撇开意识形态，理直气壮地宣扬穷仍然不算丢脸。时代在发展，风水轮流转，大家心里都明白，发达地区常以牺牲环境为代价，当污染成为严重问题，贫穷地区凭借绿色和生态，便足以让人刮目相看。

说老实话，此行的目的是为了喝好茶，可惜只喝到了很贵的茶。

好有不同标准，这里好茶价格之高，谁听了都会闻之变色。或许不喜欢太嫩的缘故，对只喝芽尖总有点反感，一味地追求嫩，是暴殄天物，我不嗜辣都嫌太淡，贵州人成天辣椒，必定会觉得淡出鸟来。茶的好坏不应该仅仅是嫩，是尝鲜，八十年初，我在杭州九溪喝过一次龙井，那种奇妙的口感真让人终生难忘。

采茶的时间显然有大学问，古人称早采的为茶，晚采的为茗，各有千秋。不用太着急，别老是惦记那些刚冒出来的芽尖，我们可以迫不及待地喝茶，也可以坦然地品茗。看看地图就明白，贵州比喜好新茶的江浙更偏南，为了这个原因，春芽要早一周或十天半月。江浙不可能有那么多明前茶，如果大家遭遇太多，就不妨猜想它的真实身份也许来自贵州。其实问问凤冈的茶农就知道，每年清明前跟季风一样，江浙茶商会纷至沓来，有多少收多少。凤冈新茶作为第一等的原料，不仅供应江浙，以产乌龙茶著名的台湾同胞也已虎视眈眈。

除了季节上的绝对优势，绿色环保是贵州的最大品牌，无论我们怎么追求喝茶品茗的口感，完全还是第一位。没有工业污染的好处，已在黔北的凤冈充分体现出来，而且越来越显著。这里的大片茶园因此有着非常美好的前景，进可以精研茶艺博采众长，生产出高品质有特色的名茶，退可以源源不断地单纯输出，成为生产各类名茶的原料基地。

也许有一天像喝茅台酒那样，会流行凤冈龙井和凤冈乌龙，当然，凤冈是指原料产地，龙井和乌龙是指加工方式。

2008年3月30日

芥子园在什么地方

浙江朋友来南京玩，狡黠地问芥子园在什么地方，我立刻犯糊涂，一时真答不出来。他早料到结局，笑着说在兰溪，我连声嚷嚷不可能，芥子园在南京，众所周知，差不多文化人都晓得，怎么会跑到浙江去。

朋友为家乡辩护，说李渔是浙江老乡，籍贯是兰溪。我听着不乐意，说李渔在江苏长大，一口苏北话，与浙江的关系，也就剩下一个籍贯。这话有点较真和赌气，李渔叶落归根，毕竟死在杭州。胡搅蛮缠地抢夺历史文化名流，不仅有失风度，而且十分俗气。但是就算李渔是浙江人，人是活的，园子是死的，芥子园明明建在南京，怎么可以把它移到浙江兰溪。

朋友说，上网一搜索，就知道它在哪了。他拿出笔记本电脑，无线上网查询，果然跳出许多崭新的图片。我看了不以为然，原来是个货真价实的假货。朋友说知道它假，问题是真的在哪，又有谁能拿出一个真货。芥子园早没了，它曾经辉煌一时，大出风头，然后无影无踪。人去园废，沦为菜地，盖起了房子，旧房没了，又盖起新高楼。今天，专家或许能告诉你大致什么地方，譬如南京城的西南处，譬如秦淮河边，说白了，也就是给人一点儿历史信息和文化破烂。

李渔搁历史上，是个可有可无的人。不喜欢的，觉得他旁门左道，聪明过于学问，立身不谨，甚至有些下流。喜欢的，认为他非常了不起，多才多艺，戏曲和小说都玩得不错。他的喜剧，与同时代的莫里哀可以一拼。代表作《闲情偶寄》，后来的很多文化人极力推崇。他在南京的别墅芥子园，被誉为园林艺术的经典，而在这编辑出版的《芥子园画谱》，成了中国画的教科书。

文化正在变得越来越时髦，李渔的行情也越来越看好。重建芥子园，成了许多有识之士的梦想。浙江人捷足先登，南京方面也在喋喋不休，为选址暗暗较劲。园址应该在什么地方，公说公理，婆说婆理，个个理直气壮。我们总是习惯再造历史，政协委员毅然请命，政府官员慷慨立项，劳民伤财在所不辞。为此，我的观点很简单，真迹既然不存在，假的赝品建哪都多余。

不妨把芥子园建在内心深处，人的脑袋只有椰子那么大，却能装下万卷诗书。如果我们的心里有，现实世界是否重建一个芥子园，已根本不重要。如果没有，再造十个八个也白搭。重建芥子园，完全可以成为虚拟的事实，按照这个思路，尽可能地出版李渔原著，多写一些与他有关的文字，充分发表不同观点，编丛书或出刊物，在网络上建立一个专门的网站，让物质的芥子园变成精神的文化家园，少花钱，多办事，何乐不为。

2008 年 7 月 4 日

造桥的革命

历史学家说起造桥，忘不了赵州桥，一个建于隋朝的石拱桥，让我们足足光荣了1400年。桥梁专家对它不敢不当回事，不过这年头的敬重，也是一种变相滑头，一套必要的世故和礼数。数典而忘其祖，固然不太妙，可赵州桥毕竟太遥远太历史，至多祭祀时上炷香。

一桥飞架南北，天堑立刻变通途。造桥技术突飞猛进，许多本来不可思议，转眼间已成事实。对于今天的造桥者，很多时候不是能不能，而是值不值得，该不该花这钱。我们现在真的很厉害，如今面临的现实，是摸摸自己口袋，究竟打算在长江上造多少大桥。

51年前，武汉有了万里长江第一桥。过了十年，南京长江大桥通车。然后进入蛰伏期，改革开放百废待兴，长江大桥开始雨后春笋，接二连三出现，让人掰着手指数不过来。时至今日，江苏境内已有大桥7座，安徽有3座，湖北17座，重庆23座，江面越往下游越宽阔，又以江苏境内的大桥最为壮观。

新通车不久的苏通大桥全长2088米，主跨为1088米，比目前世界上最大跨径的日本多多罗大桥长约200米。主塔高298米，为世界第一高桥塔，比国内现有最高桥塔高出近百米。基础埋置深达80米，通航净空高62米，5万吨集装箱货轮可从桥下通过。设计风速为47m/秒，相当于12级台风的2倍。

造桥革命从一个小小的细节开始，计算机运用使得一切变得精确，以悬索或斜拉桥的重要材料钢丝绳为例，目前的技术达到了惊人程度，一根比筷子还细的钢丝绳，竟然能拉起4辆小轿车。孤立地看，每项技术创新都可能引起革命，翻天覆地。换句话说，造桥就是造桥，造桥又不仅仅是造桥。

地球既然是个可以和平共处的村庄，国际化也就成为必然标准。还是以比筷子还细的钢丝绳说事，过去，这种特制材料必须从日本进口，现在，上海的宝钢已能保质保量生产。在全球采购的今天，千万不要小看了从国际化到本土化，不妨试想一下，未来长江每50公里就会有座大桥，大桥的投资向来都是天价，这将是多大的一个市场，提供多少就业机会。

我们正在充分享受技术革命的成果，作为一个时代受益者，中国进入了从未有过的经济高速增长期。日本供应商很沮丧，谁不愿意垄断做龙头老大，谁不想独此一家别无分店。竞争是创造历史的动力，是相对的最公平，而能够不能够，有没有这个实力，却是真正的硬道理。细钢丝绳只是一块多米诺骨牌，日本人知道，一旦垄断打破，他们退出中国市场的日子也就为期不远。

2008年9月14日

为什么不去宝华山

有个爱玩的朋友，有一天很严肃地问我，为什么身边的人都不去宝华山，为什么很多人没去过。我一下子傻了，不知道如何回答，爱玩总有爱玩的道理，不爱玩自然有不爱玩的说法，我们为这事争了半天，唇枪舌剑，也没争出个名堂。

朋友说到了宝华山的种种好处，譬如乾隆皇帝七下江南，竟然六上宝华山，这皇帝又不傻，不是好地方，他老人家也不会去。离南京只有几十公里，离仙林新区更近，再往前滚一点儿就到，这年头自驾游很热，有车的都快比没车的多了，为什么不能一窝蜂都去玩玩。有了车，人的活动半径明显增大，你总不能一直待在市区，双休日跑远了太累，一头扎进宝华山森林公园，这是多美的一件事。

朋友的观点让我无言以对，好地方没人去，好风景没人看，本来也是常事。好花不常开，美女嫁丑男，女孩子读了博士就嫁人困难，这些都是没办法的事，没有遗憾就不能够称作人生。提到南京的风景，一般人都认为玄武湖中山陵，好像这地方天生是供游玩的，其实历史上并不是这样。明朝的时候，你要是跑到这两处去兜风，弄不好便会掉了脑袋。历史上的南京人更愿意往南边去，春天来了，出中华门去踏青，这是正道。

《儒林外史》中就有太多记载，南京人以风雅闻名，从来就不怕玩物丧志，读书人爱赏风景，贩夫走卒也喜欢游玩，除了跑到中华门外，春牛首，秋栖霞，是个日子都有讲究，是个风景点便不肯放过。南京人爱玩向来有传统，借扫墓拜访坟亲家，看海棠，赏菊，到处放风筝，当然我说的都是过去，那年头出门并不方便，要想跑远一些，就得要坐轿子坐马车或者骑毛驴。南京人好像很少骑马出去玩，什么原因我也说不准，也许只有当兵的才骑马，要不就是当大官的，我见过清朝官员骑着马在明孝陵前拍的照片，骑在马上太威风了，一看就不像个玩的样子。

说过去的南京人爱玩，当然也很可能只是我个人的观点。不过有一点可以肯定，今天的南京人与前辈相比，显然已经不怎么爱玩。当然，我说的爱玩是指出去看风景，是纯粹的游山玩水，不是打麻将，不是泡茶馆，也不是去 KTV，更不是那种法律不许可的娱乐。人各有志，爱不爱玩本是人身自由，绝不可一味强求。大千世界，人人爱玩有些麻烦，都不爱玩也麻烦。并不是什么人都爱玩，也不是什么人都爱看风景，就举眼前的例子，就说说我楼下的紫藤，到开花季节，那一大片灿烂，那一阵阵清香，还是有人没看见没闻到，以至于有邻居会问，紫藤开过花了吗，它真的香吗。

这也许就是人们不愿意去宝华山的缘故，不说别人，先说自己，我也是前几年才第一次去。下了一场大雪，去汤山泡温泉，有人告诉我们应该先去宝华山看看，开车说到就到。于是就去了，山路上还有积雪，太太是新手，心里不免紧张。很快进山到了隆昌寺，过去一直以为它叫宝华寺，看了门匾才知道错。隆昌寺是座非常有特点的小庙，南朝四百八十寺，江南有好看的寺庙并不稀罕，但是隆昌寺绝对值得推荐，大小适中，古意盎然，而且一定人少。印象最深的是一个大天井，那是我在寺庙中见过的最大天井，四周被建筑所包围，屋顶上的雪正在慢慢溶化，噼里啪啦往下滴水，很整齐的一串串一排排，就像挂着珍珠的帘子。

当时就想，就感慨，南京附近居然还有这么好的地方没来过。自忖也是个贪玩的人，要说造访，周围的好地方也算去过不少，南唐二陵、阳山碑材、古龙泉寺，都是在尚未开发时就去拜谒。我总喜欢向别人卖弄，当年去南唐二陵，是到生产队长家去拿钥匙，然后自己点着火把进去。那个荒凉，那个意境悠远，说给别人听都不相信。

还是回到开始的话题，为什么不去宝华山，说白了是因为现在不爱玩了，想玩的心思不够。今天大家常会出门旅游，有钱的动不动还出国，这并不能完全证明就是爱玩。旅游有时候只是花钱，是时髦，是单位的福利。有人打电话给我，说你写过不少关于南京的文章，屡屡谈及周边风景，请随口推荐一个能去玩玩的地方。我不由地想到了宝华山，春天如此美好，阳光这般灿烂，如果已去过，就当我没说，如果没有，不妨去休闲踏青。

2009 年 4 月 4 日　南山

折得疏梅香满袖

印象中宋人最好梅，喜欢诗词的愿意写，爱画的乐意画。梅在中国文化中有特殊意义，作为文化符号，它代表了人生的某种价值取舍。若使牡丹开得早，有谁风雪看梅花，这只是人们喜欢梅的一个理由。

文人笔下的梅往往不确切，有时候，写作者自己心里清楚，阅读的人免不了马虎。梅和松竹被誉为岁寒三友，这梅究竟是腊梅还是春梅，不是领导说了算，还得专家下结论。寒梅最堪恨，常作去年花，真能在雪地里熬的是腊梅，为了争春拿奥运金牌，它总是迫不及待，寒冬腊月下着漫天大雪，急猴猴就怒放起来。待春梅快马加鞭赶到，自以为拔得头筹，结果起大早碰到了隔夜人。

腊梅和春梅都含有一个梅字，植物分类上属于不同科目，是两码子事。都落叶，一是灌木，一是乔木，花色花期各不相同。形状也有区别，腊梅笔直往上长，是丛生，最高不过两三米，有很浓烈的香味。春梅隶属蔷薇科，与桃花梨花以及日本樱花是近亲，能长成高达 10 米的大树，香味远不及腊梅，一旦盛开便十分灿烂。

画家画梅大都是春梅，造型好看，更容易入画。文人笔下也多是春梅，有梅无雪不精神，有雪无诗俗了人。明朝李渔写过一本很有趣的《闲情偶寄》，谈到花的排行榜，以开花次序定尊卑，封春梅为花中之王，这观点显然站不住脚，腊梅开得更早，他无法自圆其说，便玩模糊学，说“腊梅者，梅之别种，殆亦共姓而通谱者欤”。

中国的文人不约而同喜欢梅，从表面上看离开不了一个早字，所谓敢为天下先。万花敢向雪中出，一树独先天下春，谁不想争第一呢，古今中外同一道理。不过，梅在中华文化中的主旋律，与其说人生得意，倒不如说是一种遗憾。无意苦争春，一任群芳妒，文化人心高气傲，永远老子天下第一，却注定不得意潦倒，因此古人咏梅，往往指桑骂槐借酒浇愁，表达一种不能为人所用的感慨和无奈。

梅花是“中华民国”的国花，也是省会南京和武汉的市花。邓丽君软绵绵地唱着，“梅花梅花满天下，愈冷它愈开花，梅花坚忍象征我们，巍巍的大中华”，词虽然有些励志，骨子里仍然气弱，否则蒋委员长也不会灰溜溜去台湾。

气象专家预测的全球变暖，未必一定必然。梅花欢喜漫天雪也只是说说，不怕寒冷是相对，事实上，梅只适合在长江流域。隋唐时关中要比今天暖和，当时的京城长安随处可见梅花，到了宋朝气温骤降，全球开始变冷，北方很少再见自然生长的梅花，于是苏东坡就说“关中幸无梅”，王安石干脆嘲笑“北人”分不清梅花和杏花。

2009年1月5日

天遣霓裳试羽衣

玉兰有许多品种，很难让人彻底明白。上海的市花是白玉兰，长什么模样，本地人大约没问题，外地人会摸不着头脑。近年来高大的广玉兰流行，需要决定了市场，公路边是个苗圃就在成片种植。法国梧桐差不多已取代中国的本土梧桐，若干年以后，广玉兰或许也会取代白玉兰。

新住宅区玩绿化，樟树之外最显眼的是广玉兰，四季常青树形优美，花大清香仿佛白玉，很容易让别人产生误会，以为这个就是白玉兰。广玉兰其实是洋玉兰，又叫大花玉兰或荷花玉兰，原产地在北美，与正宗国产的白玉兰相比，在现代都市中更有优势。白玉兰是落叶乔木，漫长的冬天只剩下干枯树枝，洋为中用，高大常青的广玉兰显然更适合美化广场和街道。

中国种植玉兰的历史久远，使用这两个字的时间并不长。屈原《离骚》"朝饮木兰之坠露兮"，这木兰就是玉兰，同样的道理，也是女英雄花木兰的出处。据说最早有意识移栽的人是僧侣，玉兰的纯净素雅，与佛教的清静寂灭浑然一体。后来从寺院移到了宫廷，小家碧玉顿成名门贵媛，野树闲花变为皇家后院的装饰，与海棠、迎春、牡丹、桂花合在一起，凑成一幅“玉堂春富贵图”。

小太监想哄皇上高兴，宫女讨老佛爷喜欢，虽然只是讨个口彩，荣华富贵谁不热爱，于是民间纷纷效仿，私家园林跟风移栽。木兰一词在唐诗宋词中还十分常见，见说木兰征戍女，不知那作酒边花，渐渐就英雄气短儿女情长，到后来，木兰不知不觉地成了玉兰，只强调其形如玉，香如兰，人们再见时，只注意到“独饶脂粉态”，早忘了替父从军的英姿飒爽。

明朝的文徵明歌咏玉兰，我知姑射真仙子，天谴霓裳试羽衣，还是娇憨的女儿态，然而木既成玉，这女孩子便成了凡间试穿羽衣的姑射仙子。或许在文人心目中，舞枪弄棍治国平天下，毕竟是男子汉大丈夫的买卖，指望“一树女郎花”去保家卫国，多少有些说不过去。

玉兰以白玉兰为最常见，也最可爱，堪将乱蕊添云肆，若得千株便雪宫。然而好花不常开，春归如过翼，一去就无踪无影。玉兰花势极旺，千干万蕊，尽放一时，来得快去得也快，一树好花禁不住一场春雨，不像有的花卉花期长久，你方唱罢我登场，前仆后继。玉兰盛开时满树晶莹，如冰似雪，往往一败俱败，说谢都谢。

因此古人赏玉兰，讲究“玩得一日是一日，赏得一时是一时”，该抓紧时必须抓紧，说出门就得立刻出门，“初开不玩而俟全开，全开不玩而俟盛开”，结果便是“好事未行，而杀风景者至矣”。

2009 年 1 月 9 日

别萼犹含泣露妍

小时候，后园有一排石榴，花红叶绿十分好看。我老是发呆和傻想，琢磨书上说的石榴裙颜色，是像这绿叶呢，还是更像那红花。小孩子眼光有些特别，邻家有个女孩常穿一条漂亮的绿裙子，爱屋及乌，井里的癞蛤蟆想吃天鹅肉，我因此觉得石榴裙就应该是绿的。

后来读白居易的《琵琶行》，读到“血色罗裙翻酒污”，才知道石榴裙带千真万确应该是红色。风卷葡萄带，日照石榴裙，石榴裙不仅血色，而且还可以象征女性魅力。石榴裙下死，做鬼也风流，我们常说某贪官拜倒在某佳人的石榴裙下。

拜倒在石榴裙下据说与杨贵妃有关，渔阳鼙鼓没有动地来那阵子，有一次君臣联欢，有大臣喝高了，竟然提议贵妃娘娘跳舞助兴。杨贵妃立刻不高兴，在唐玄宗耳边一阵嘀咕，说这些家伙平日一个个假正经，看到老娘爱理不理，我凭什么赏脸。唐玄宗立刻下旨，让大臣以后见了杨贵妃，都得下跪行叩拜大礼。于是众大臣们谢恩，再看到贵妃娘娘的石榴裙，忙不迭地乖乖跪下来。这个典故耐人寻味，说明男人表面上好色，骨子里更害怕权势。

石榴原产西亚，汉朝张骞出使西域时引入中国，转眼间也已有两千多年的历史，因为花朵和果实都很耐人寻味，深受老百姓的喜爱。与梅花玉兰相比，石榴的花期要漫长许多，通常农历五月开花，所以农历五月又称之为“榴月”。榴花来时略晚一点儿，所谓开从百花后，占断群芳色，好在花期漫长也有好处，这时候，该看的花都看过，该出的风头都出了，赏花者自会有种十分平和的心态。

自古红颜都薄命，不许美人见白头，石榴作为观赏植物，各种排行榜上都不会出人头地，独占鳌头这样的字眼与它无关，但是在园林里却总会有石榴的一席之地。古典诗词中说到石榴的好词琳琅满目，榴枝婀娜榴实繁，榴膜轻明榴子鲜。我更喜欢“怀芳不作翻风艳，别萼犹含泣露妍”，和“谁知盘中餐，粒粒皆辛苦”一样，李绅的名句通常美得实在，有一种人文关怀。

石榴全身都是宝，果皮树根包括花骨朵都能入药，既治中耳炎，还治妇女的暗疾，石榴汁可以防止高血压和心脏病。美国研究人员的一份报告证明，那深红色的汁甚至能够抵制癌细胞。石榴作为水果没什么可吃，但是成熟季节正好中秋节，常被用作送人礼物，过去是象征多子多福儿孙满堂，现在计划生育，只剩一些喜庆吉祥的意思。

石榴最适宜种墙角，有阳光有土壤，就能悄然生长。石榴不怕挤压，最适宜和假山为伍，在园林中常与玲珑的太湖石做伴。

2009 年 1 月 12 日

十里荷花

一直没弄明白“利用小说反党是一大发明”出自谁口，过去是最高指示，后来有人拿出了铁的证据，说这话源于大坏人康生，他偷偷给毛主席他老人家递了张纸条，毛主席一看内容，既正中下怀，又怒不可遏，脱口用湖南话念了出来，于是小说家立刻倒血霉。

有人十分生气地退出作家协会，一经媒体传播张扬便大义凛然，其实没多少风险，柿子捡软的捏，有能耐退个别的什么试试。文人说到底还是文人，太当回事难免自欺，真以为小说家能怎么就是蒙人。

一千年前，诗人柳永歌唱杭州，写得太漂亮了，金主完颜亮看到“有三秋桂子，十里荷花”，羡慕钱塘繁华，遂起投鞭渡江之志，动了侵吞南宋的野心，有人因此把亡国的账算到柳公子身上。文人与女人常会沦为亡国的替罪羊，因为二者都是软柿子，然而话说回来，这十里荷花的描写，确实美得让人惊艳。看荷花就得要多，要一望无际。十里还只是一个虚数，不妨越多越好，镜湖三百里，菡萏发荷花。要很容易地就误入藕花深处，要郑板桥笔下的那种气势，“百六十里荷花田，几千万家鱼鸭边”。

读屈原的《离骚》，会听到他不停念叨香草美人，正是从屈原开始，历代文人都喜欢在植物上寄托自己情感，胡乱爱上某种花卉或草木，最著名的例子便是“采菊东篱下”的陶渊明，还有“何可一日无此君”的王子猷之爱竹。宋代周敦颐的《爱莲说》被选入了教材，于是是个中学生就记住了“予独爱莲之出淤泥而不染，濯清涟而不妖”。

明代的王冕喜欢画荷花，清代的八大山人和石涛也好这一手，到了近现代，齐白石和张大千都是画荷花的高人。画品即人品，他们所以喜欢，不只是荷花容易入画，最适合用水墨方式，而是一种文化的寄托，是精神追求。荷花表现出来的人格符号，很容易被大众接受。

“浮照满川涨，芙蓉承落光”，“接天莲叶无穷碧，映日荷花别样红”，在中国古典诗人笔下，鲜艳的荷花可以醒目，可以沁人心肺，甚至连枯枝败叶也是别样风情。“坐看飞霜满，凋此红芳年”，林黛玉据说非常不喜欢前辈李商隐，可是不得不佩服那句“留得枯荷听雨声”，她能做的一件捣蛋事，是悄悄地将“枯荷”改成“残荷”，结果害得后人为此喋喋不休，有学问和没学问的都跑出来，不断地写文章考订，论证曹雪芹先生是否笔误。

有人喜欢在院内挖个小池子，或者干脆放口缸，供养几支荷花。红绿相间，螺蛳壳里做道场，多少有点小家子气。文人写小文章，画家画小品，道理差不多，都有玩的意味，格局却总是小，也没办法，说白了，艺术再高就那么回事。

2009年1月16日　河西

窗前一丛竹

高楼大厦还不像今天这么多的年月，门前有几棵竹并不太难。城市中寻常人家，多是种植小竹子，细而疏淡的几簇，绝不会遮天蔽日。“新松恨不高千尺，恶竹应须斩万竿”，这是杜甫的名句，有人觉得松竹梅既为岁寒三友，查老杜诗中与竹有关的字眼，基本上都在热情歌唱，想不明白他为什么突然改口。

文人喜欢竹应该是从南北朝开始，在洛阳纸贵之前，竹子的最好用途只是写字。屈原《离骚》中提到了很多植物，常让今天的人绕不明白，比如江离、辟芷、留夷、揭车，很认真地查了古旧字典才认识，偏偏看不到最常见的竹。

显然过于平常的竹不入屈大夫的法眼，终于纸张代替了竹简，古人也开始爱上修竹。有节骨乃坚，无心品自端，人怜直节生来瘦，自许高材老更刚。有了文化渲染，人云亦云，传统因此而生，大家突然发现这玩意很适合抒情，太容易寄托个人理想。清朝的郑板桥喜欢画竹，作为一名处级干部，衙斋中卧听萧萧竹，仿佛听到了“民间疾苦”之声。

“借居未定先栽竹”，文人雅士眼中，竹子那么可爱，何恶之有。

苏东坡曾经说过，可使食无肉，不可居无竹，无肉令人瘦，无竹令人俗。对于竹一味拔高和称赞，这是文人努力的结果，是坐着说话不腰疼。凡事还得看人心境，黄芦苦竹绕宅生，不一定都赏心悦目。人可以做到不以物喜，很难不以己悲，事实上，如果窗前竹子太高太大，恰巧又竖在你家屋子的正南方，冬天北风狂叫怒吼，高大的竹荫把阳光完全挡住，这时候或许就可以读懂杜甫的诗。

在乡间租了一处房子，当时看中满山的翠竹，望着那一片绿，不禁雅兴大发，立马付了许多年租金。真在竹园中安家，很快意识到这竹长得太快太猛。雨后的春笋，说来就轰轰烈烈来了，劲道大势头猛，很沉重一块石头，轻易地便顶起来。难怪过去乡下盖房子，总要离竹园有一段距离，否则竹笋不久会从房间里冒出来。在我房子周围，都是碗口粗的高大毛竹，吃笋季节招亲唤友，买上两斤五花肉，随便挖一个便能烧一大锅，这已是我家春天的招牌菜。

长笋的时候，看它一截截往上蹿，舍不得斩，成了新竹更心疼。窗前有竹可喜可贺，我喜欢笋柱往上蹿的倔劲，更喜欢新竹翠绿。看新竹要耐心等待初夏，夏竹最漂亮。春天只能吃笋，是以旧换新的季节，竹叶又枯又黄，像秋天的柳树梢，春天之竹一无可看。

春天里百花齐放，飞莺舞燕招蜂引蝶，竹子要慢一拍，就不凑那份争春的热闹了。

2009 年 1 月 29 日

百年终究是芭蕉

芭蕉与香蕉是兄弟姐妹，江南人眼里毫无瓜葛，香蕉应该到水果摊上去寻找，芭蕉叶大成荫，是点缀庭院的绿色植物。中国古典诗词中，芭蕉常与孤独忧愁为伍，特别适合离情别绪。如果和后来的言情小说联系，那就是张恨水和琼瑶，有一点儿自艾自怨，满纸矫情和造作。是谁无事种芭蕉，早也潇潇，晚也潇潇，芭蕉最好是与南方的雨季配合，雨打在蕉叶上面，会给人一种听觉的冲击。

芭蕉没什么富贵气，与石榴一样，非常适合种墙角，当然也不妨移栽窗前，有个小园子就能生长，非豪门方可独有。唐朝书法家怀素居住的寺庙周围尽是芭蕉，那庙便命名为“绿天庵”，取其绿色之胜。芭蕉能让“台榭轩窗尽染碧色”，李渔《闲情偶寄》曾说它让人风雅而免于庸俗，无论男女，只要坐在芭蕉底下，便可自然入画。《红楼梦》中的姑娘常用花卉来形容，譬如探春就自称“蕉下客”。

古人写字用刀刻在竹片上，一字一句皆辛苦，因此不得不字斟句酌，仔细打磨用心吟唱。写字方式决定写作态度，那年头的诗歌都得先肚里玩得滚瓜烂熟才行，不像今天张口就来，提笔便写，电脑键盘上一阵胡乱敲打。在中国古代，红叶题诗是常见的行为艺术，是作秀给别人看，意淫成分居多，属于自吹自唱，是否真有其事很难考证。

芭蕉上写字赋诗也差不多，也是我娱我乐，但是却多了一些纪实，似乎有很强烈的可操作性。红叶通常只是一片小小的枫叶，写不了几个字，顶多来一首绝句，签个把人名，宽大的蕉叶想怎么写就怎么写，甚至可以抄一篇像模像样的古文。无事将心寄柳条，等闲书字满芭蕉，红叶太小，竹简上刻了字不能抹去重来，芭蕉叶却只要下场雨，上面的墨迹就“不烦自洗”，因此又成为可供练字的纸版。

后人形容怀素的书法，挥毫掣电随手万变，壮士拔剑神采动人。据说这超人的技艺，就是在芭蕉叶上苦练出来的。怀素少年出家，是个好饮酒的“醉僧”，当和尚穷，没有那么多纸张可供练字，只能自带笔墨，进蕉林狂写不止。好在寺庙周围有近万株芭蕉供他折腾，写完这棵写那棵，临了，终于成了大书法家，成了“草圣”。

我对在芭蕉上练字始终持怀疑态度，古时候没什么炒作，文人为文，画家作画，常常都会很寂寞，因为寂寞，编些小段子娱乐一下也是人之常情。一位玩书法的朋友谈到此事，根本不相信芭蕉叶上练字的传奇，他的观点是真正书家用手指在空气中都能写字，心里有则有，知白守黑神明自来，否则终究是写字匠。

2009 年 2 月 1 日

怎么喝绿茶

近来变得很唠叨，也许一直这样，只是自己没觉得。前几天一位朋友玩诚恳，揭露我写专栏文章的秘密，是因为喜欢唠叨，屁大的一点儿事，都能说半天。我心里一怔，嘴上不肯服气，辩解说屁大的事还扯半天，这就是水平。

譬如喝绿茶就可以唠叨，好茶得用好水，绿茶尤其讲究。商店里没有矿泉水纯净水出售之前，北京人和上海人不适合喝好茶，因为两地自来水都不怎么样，北京的水太硬，上海干脆一股很浓的漂白粉味道。现在不同了，你可以去买农夫山泉，这年头只要有钱，什么都能搞定。价格固然不菲，但是真有了好茶叶，好马配好鞍门当户对，想追求完美，不花点冤枉钱不行。

假如所在城市的自来水还不错，那就是可喜可贺，在全球化的今天，好花堪折直须折，趁尚未污染赶快多喝。我是个喝茶并不太讲究的人，所谓不讲究，是茶都能喝，是好茶都欢迎。讲究的只是怎么喝，怎么才能最大限度喝出真味，平时爱喝的是红茶，用紫砂壶，其他如铁观音，如普洱，皆是发自内心喜欢。

绿茶中最怀念六安瓜片，绿茶不该有烟火味，可是瓜片带点焦煳味，却可以原谅。其实现代意义的绿茶历史极短，没什么真正传统，古人经验往往都是不对的。现如今只要官做得还不够大，喝碧螺春和龙井基本上都是假。假的中间也有佳品，作为普通老百姓，看盗版碟喝冒牌绿茶很正常。

写此文的目的，无意真假，只想谈谈泡绿茶的心得。如果你碰巧有不错的绿茶，可以试试我的方法。首先不要舍不得，不要相信冰箱，不要相信真空包装，到手就喝，喝光拉倒。第二态度要十分端正，要认真，不认真做不好任何事。第三器具能讲究尽量讲究，工欲善其事，必先利其器。

如果是凑合，可以取两个玻璃杯，先注入开水再放茶叶，然后仔细观察汤色，一看差不多了，立刻将茶水倒入空玻璃杯中，这点非常关键，是要害和重中之重，好茶一焐就熟，一熟就立刻完蛋。好茶必须一边喝，一边欣赏，你不认真，怠慢它，它便会报复你。

说白了，喝绿茶，也要像喝工夫茶一样讲究。在苏州见到一款玻璃杯，是双层，有一漏空小杯，喝时将搁茶叶的内胆取出来，可以防止过熟。这是很好的设计，原理与用两个杯子差不多，特别适合泡新茶，建议厂家多生产一些。我们难得有些好茶，物尽其用，不好好喝太可惜。有人反正好茶叶多，多了就不稀罕，就难免糟蹋，很多坐主席台上的人喜欢用保温杯泡绿茶，看到他们这么喝，就为那些茶叶感到心痛。

2009 年 5 月 3 日

金华的双龙洞

21 年前祖父过世，父亲为了写纪念文章，让我抄写老人家日记。就在祖父的书桌上，我毕恭毕敬地誊写，当时 1988 年，具体摘抄的日期是 1957 年上半年，正是祖母去世前后。

祖父祖母的感情非常深厚，我们做小辈的常被教育，应该向他们学习，要以他们为榜样。祖母过世，祖父的悲伤难以用笔墨形容，只说书写卧碑这件小事，祖父按石头大小拼了纸张，写了“我妻胡墨林墓”六个大篆字，每行两字，分三行，然后写了一首五绝，是用我祖母的口吻，“人情实太好，与我大有缘，一切皆可舍，人情良难捐”。诗左又有三行正楷小字，“墨以一九五七年三月二日谢世，先十日为余说此意。呜呼！心系人间，骨归泉壤，用铭其墓，来者鉴之”。这么多的字如何布局，大小如何合适，祖父前后琢磨了一个星期。祖父生前，我常看到他为人写字，大都一挥而就。

这以后到了 3 月底，祖父便离开北京黯然南下，他不是个爱游山玩水的人，此次出门东游西逛，差不多有 50 天。去了武汉，去了广州，又去了浙江和江苏。浙江除了杭州，还去了金华温州黄岩。因为有金华一游，便写了《记金华的两个岩洞》，这篇文章的一小部分，被改名为《记金华的双龙洞》，收入小学课本，结果很多孩子都读到了。

收入小学课本的具体时间弄不清楚，问身边的人，有人说读过，有人说没有，但是确实有很多人知道。我的小学是在“文革”中度过，印象中绝对没有这篇课文。无论过去还是现在，选入课本和教材意味着可以获得更多读者，会产生让人意想不到的印象，因此金华的有关方面，竟然请书法家用很大的字抄写，用巨石刻了碑竖在双龙洞门口。

今年盛夏，我与陈村兄相约一起游金华，就在这块碑前，他要为我照相留念，一边拍摄一边调笑。我心里无限感慨，首先，祖父一生都是低调，他要是知道这事，肯定不会赞成。其次，我太知道祖父当时心情，祖母的早逝正像刀子一样剜着他的心，孤灯不明思欲绝，卷帷望月空长叹，祖父人寄情山水，无非“入室故迟迟”，心里时刻都在惦记祖母。

祖父这篇游记写于 1957 年 10 月，这时候，正是父亲被打成右派之际，这等于在不痛快的祖父心头，又添一层新堵。文章发表在《旅行家》杂志上，细心的读者一定会发现，轰轰烈烈“反右”运动中，这篇游记风格其实很沉郁，有些压抑，有太多平淡，还有一些浅浅的痛楚。

选入课文的《记金华的双龙洞》被删节加工，变得更简洁，更适合小学生阅读，不过不是原汁原味，原文中“我不感兴趣，虽然听了，一个也没有记住”，这些话已不复存在。

2009 年 8 月 15 日

在金华的李清照

和辛弃疾一样，李清照也是山东人，都是我最喜欢的诗人。到了南宋，两位地道的北方人仓皇北顾，一起逃到江南做义民，中年老年都在南方度过，说他们是南方人也不为过。这次去金华，导游小姐为大家背诵李清照留在当地的两首诗词，我恰巧过去也背过，觉得十分亲切。

组织这次活动的《华东旅游报》要我们写几句话，不知道陈村兄如何措辞，反正我因为想到李清照，便随手写了如下意思：

> 到金华就会想到李清照，就会想到她留在这儿的一首词和一首诗，词十分婉约和悲苦，诗非常豪放和激昂。景色依旧，物是人非，今天的金华显然要比过去更美好，“江山留与后人愁”，美景如此，何愁之有。

写完了意犹未尽，觉得有必要补充几句。先说那首词，“风住香尘花已尽，日晚倦梳头，物是人非事事休，欲语泪先流。闻说双溪春尚好，也拟泛轻舟，只恐双溪舴艋舟，载不动许多愁”。这首词集婉约之大成，一个载不动许多愁，变虚为实，悲苦之情跃然纸上。

再说那诗，“千古风流八咏楼，江山留与后人愁，水通南国三千里，气压江城十四州”。同样是写金华，同样是写大好河山，诗和词气息完全不一样。李清照显然更传统，在她看来，词乃诗余，诗和词各有所宗，形式不一样，反映的内容也不应该一样。词有词的写法，诗有诗的规矩，标准不同，二者不能合而为一。境界上看，无论词还是诗，都属于第一流。

《儒林外史》中的书呆子发议论，认为八股文做好了，玩什么都行，要诗就诗要赋就赋，一鞭一道痕，一掴一掌血，否则就是野狐禅。这观点当然迂腐，也不无道理。兼听则明，偏信则暗，好的写作者总是要遵循游戏规则，这就好比写古诗必须押韵，要讲究平仄。要想突破，首先要知道怎么才能突破，要知道分界线在什么地方，否则便是没头苍蝇。

李清照是位心高气傲的女诗人，就写作而论，实在是有些真本事。学诗漫有惊人句，评论家常推崇她后期的作品，理由是生活历练，她的晚年十分不幸，所谓不平则鸣，愤怒出诗人，不过显然只说对了一半。写作有时候就是会写不会写，就是你能不能写好。考察李清照前期的诗词，我们不难发现，她的优秀同样不容置疑，真正的写作高手，体物之工抒词之雅，丝丝入扣针针见血。

造化弄人，是生活决定了我们的写作，可惜不能写或者不会写，终究还是白搭和落空。说白了，李清照在哪都能写出不朽篇章，碰巧她来过金华，这就是此地的幸运了。

2009 年 8 月 15 日

雨中游同里

一位仁兄欧洲待了几年，回国说去过的那些名声显赫小城，根本不当回事，说国外也就那么回事，看多了都一样，无非这堡那堡，要参观就那几样东西，市政大厅、教堂、名人故居，还有呢，就是墓地。

他的高论让人想起了江南水乡小镇，这些年，断断续续去过许多古镇，到的次数多了，眼花缭乱，便有些弄不明白。说起来各有特点，但是在我这个粗心的游客看来，大同而小异，看来看去，无非小桥流水，无非白墙黑瓦，沿街的店铺，民俗表演，没有任何特色的旅游小商品。里巷幽长弄回路转，这样的古镇，去也罢，不去也罢。

苏州古镇可以上溯到春秋战国，最初只是一些带有军事性质的部落。随着大运河开通，这一带经济突飞猛进，小城镇便不可思议地兴盛起来。统计数字显示，此地小城镇密度远远高于全国平均数。同里的退思园十分有名，建于清末，1986 年，美国纽约以它为蓝本，在斯坦顿岛植物园建造了一座江南庭院，取名“退思庄”，由此可见退思园在全世界的地位和影响。

我对水乡小镇有个错误印象，一直觉得只适合于北方人参观游览，对于干燥的北方来说，水乡小镇与他们的生活有着太多差异，有差异才能产生美。当然还可以蒙蒙老外，有距离才有吸引力，譬如在同里，你差不多天天都能看到外国人的身影。熟思无睹，事实上，我身边有很多朋友都是来自江南小镇，他们对那些闭塞的生活并没有太大好感，这些地方就是围城，在外面的人想进去，在里面的人想出来。

今年夏天去同里，遭遇了一场罕见的倾盆大雨，顿时昏天黑地，等疯狂的雨势过了，撑着伞，在雨中漫步。雨仍然很大，与刚刚的狂风暴雨对照，已算不上什么。雨中的同里突然展现出不曾见过的宁静，不是例假日，也不是双休日，依然还有些游客，依然还能看到三三两两的老外，都在廊檐下闲坐避雨。

我的鞋湿了，裤腿也湿了，既来之，则安之，悠然在雨里走着。此次同里之行纯属意外，就像这场豪雨，来得很突然，稀里糊涂人已到了这里，已进了退思园。良辰美景奈何天，同里并不是第一次来，退思园也不是第一次进，然而感觉却完全不一样。

从退思园美滋滋地出来，雨中登船，小河中只有我们这条船在行进。河岸上，一个老外正在屋檐下玩电脑，全神贯注眉头紧皱。我们正悄悄地从他身边经过，网络早已把世界联系在了一起，老外在干什么呢，玩游戏、和家人联络，还是在写作，种种好奇的疑问都在我大脑里一闪而过。

2009 年 8 月 16 日

说不完的玄武湖

根据专家考证，南京玄武湖公园有一百年历史。只要是个整数，往往会让人感到兴奋，就要庆贺，就可以开讨论会。按照中国传统，“百年”并不是好词，通常都有暗指，然而为热闹，也顾不上了。

有专家小心翼翼提出观点，说玄武湖公园很可能是中国历史上的第一，理由是还在大清朝的时候就有了，那年头除了皇家园林，便是私家园林，普天之下莫非王土，有一个属于老百姓的公园肯定很了不得。1909 年，南洋劝业会在南京召开，为方便游客观赏玄武湖，当时的两江总督在城墙上开了个叫“丰润”的门洞，这就是后来的玄武门，而玄武湖公园也因此诞生。

公园的意义就在于“公”，在于为公共所有，在封建社会，公是共和的先声。有幸参加了庆贺的讨论会，回家上网检索，发现齐齐哈尔的龙沙公园更早，有 1904 和 1907 年两种说法，有专家指出它才是清政府营造的最早公园，心里不免为玄武湖公园失落，有种与吉尼斯纪录失之交臂的遗憾。

是不是第一并不重要，南京人值得骄傲的，应该是民国时期的一些记录，在 1929 年的《首都计划》中，南京城内的公园面积，与欧美各大城市相比，占有十分明显的优势，有了玄武湖公园，有了中山陵风景区，南京“分配每英亩公园之人数”，仅多于华盛顿，与纽约、柏林、伦敦、巴黎相比，数量要少许多，换句话说，南京的人均公园占有率在当时相当高。

既然是参加讨论会，难以逃避发言，我硬着头皮说了两个意思。第一，希望玄武湖永远不要变为一个大工地，十多年前，我在湖边遇到一位正在考察的老同学，他踌躇满志，正受一家外国财团委托，打算把玄武湖按照世界地图建成一个五洲公园，盖上各种风格的建筑，像深圳的世界之窗那样。我当时就想，这事真要成了，玄武湖就遭大殃了，谢天谢地总算没成。

第二，让玄武湖成为南京人的后花园，真正为老百姓所拥有，让市民充分享受。一个位于市中心的大公园，如果只是为吸引外地游客，只是惦记着别人口袋里的银子，在这根本见不到本地人，怎么说都有点悲哀。就好比有个很好的大房子，自己舍不得住，成天空关在那等待出租。

取消收费或许是不错的办法，国内外经验已证明这一招确实有效。“寂寞空庭春欲晚，梨花满地不开门”，没有人气的公园怎么说都是不好。二十世纪三十年代，民国最热闹之际，夏天来了，玄武门城门大开，不收门票，变为避暑消夏的最好去处，整个公园成了欢声笑语的不夜城。此情此景，常让一度是首善之都的老南京人缅怀。

2009 年 8 月 19 日

夜行的快车

从豪华五星级宾馆出来，一头钻进极度拥挤的快速列车，仿佛进入时光隧道，你立刻又回到了过去。有反差才能理解生活，有反差才会有真正体验，因为闷热，终于知道什么是凉快，因为饥饿，开始怀念美食。过了好日子才知道艰难时光，才明白往事不堪回首。

那天晚上从苏州坐火车赶回南京，东道主没买到动车票，便买了 K 字头的快车。我也不明白什么是快车，买票的人也不清楚，反正开车时间差不多，好歹有一个快字，便自作主张了。通常情况下，苏州到南京动车一个多小时，上车前查了时间，这快车竟然将近五个小时，于是立刻明白，所谓快车就是当年的慢车，快乎哉，不快也。

慢车改名是典型的时代特色，就好像中国足球冠名改成了超级联赛，实际水平还是甲 A，或者比当年的甲 A 还不如。上车前我就有些恐惧，非常犹豫，苏州不是始发站，可是上车人数一点儿不比始发站少，大包小包蜂拥而来，呼啸而去，车还没开已晚点了。上了车想反悔已来不及，这些年与时俱进，出门坐动车，习惯成自然，以为只要是在铁轨上跑，速度八九不离十，状况会差不多，没想到一个大意，一觉睡到了解放前。

车厢由旧的硬卧车临时改造，乘客挤得满满，老式的厕所，从洞里能看见轨道和枕木，也就是那种一路可以随地大小便的。早被人遗忘的历史镜头，又重新出现在面前，有人抽烟，有人随地吐痰，空调若有若无，脚臭异常浓烈。乘务员是个五大三粗的中年男，耳朵上夹根香烟，推辆小货车，一路吆喝嗓门奇大。封闭车厢里的吞云吐雾，与他以身作则有关，站在过道口，从耳朵上拿下烟，众目睽睽下点火，身边的几位看了，立刻口袋里摸出烟，理直气壮地说声“要搞大家一起搞”。

夜行快车完全是一种破罐子破摔，既然晚点，只能见车让车，一停再停。包括本人在内，心情都变坏了，能听到的声音皆是骂娘。大家不得不接受这个现实，既然不是动车，既然不是特快，就是小娘养的，就得夹着尾巴忍受。谁让你们上了这贼船，谁让你们要省几个小钱。车厢里抽烟和吐痰属于不良习气，明知道脚臭就不应该当众脱鞋，但是人一旦给逼急了，没有正确疏导，难免自暴自弃，难免发生不该做的事。

动车通常不会发生这样，在一个好的环境，人们就变得有绅士气。为什么，答案很简单，环境决定人的生活态度，能左右人的行为。在被遗弃的夜行快车里，我熬了差不多六小时，坐飞机已到欧洲，很显然，让人感到很不痛快的，还不只是晚点。

2009年9月12日　河西

买了垂丝海棠

在乡间居住，一到春天，最喜洋洋的事是赶庙会。兴冲冲去，灰头土脸回来，照例流一身臭汗。买几棵小树苗，买两根当地的土产青皮甘蔗。味道很淡，不好吃，还咬不动，老婆大人一定会买。

今年买了两棵垂丝海棠，一棵桃树。桃树门前已有两棵，种了不过四年，却已经很粗壮，又高又大，完全是老树模样。每每看着桃花灿烂，就有些激动，就想在空地上再补一棵。去年女主人冒雨在后山挖了棵正开花的小桃树，眼见着栽活了，红花继续开，绿叶也冒了，最后未能挺过夏天的酷热。当地农民说，一定要在树未开花前移栽，花开了，春心荡漾了，树便活不了。

常向别人吹嘘自己的田园生活，吹嘘房子周围的花木，除了两棵桃树，还有一棵果实累累的枇杷、两棵柿子树、两棵枣树、两棵橘子树、一棵山楂、一棵李子、一棵樱桃、一棵梨树、五棵紫薇。都是很便宜的价格买的，都是半大不小，除了桃树，都像没发育的小孩。

院子不大，都栽满了，仍然想见缝插针。一直想种海棠，不知道为什么，当地农民并不看好它，也许嫌长得太慢。农家门前常见的是红白玉兰，是枣树，是柿子树，更多的是桃树梨树。海棠很好看，花期也相对长久，偏偏就是没有人种。

每次去庙会，都会留心有没有海棠。正是植树季节，一路上，可以看见买树苗的当地农民，玩杂耍一样使用各种运输工具。有时候，你会看见一棵树迎面而来，一张脸掩藏在绿叶中，那是栽着树苗的摩托车，骑车人本事很大，身后还驮着位时髦女郎。卖树苗的农民来自各地，苏南苏北，江西安徽浙江，最远的居然会是四川。我喜欢跟他们聊天，总是忍不住问，为什么不带些海棠过来。

在花木公司曾见过一棵很漂亮的垂丝海棠，开价竟然要几千元。去年上过一当，卖树苗的说是海棠，买回去种了，长出叶子才知道是腊梅，到冬天居然开了几朵黄花。今天在庙会上终于看到了垂丝海棠，“小蕾深藏数点红”，已是含苞待放。还了价，五十元买两棵，心里暗暗得意，总算有海棠了，虽然只是小树苗。

海棠有很多种，最中意的就是垂丝海棠。小时候，很少会想到赏花，花开花落，不往心上去。这几年常在乡间住，与大自然亲近，逐渐成了赏花人。过去祖父在北京写信，常会提到一句，说海棠又开了，可惜你们不能过来赏花。祖父院子里有两棵大海棠，比花木公司见到的那棵大得多，开花时，偌大一个四合院都映红了。

2010年3月21日

城市的后花园

十多年前，无锡一个会议上，旅游局长热情表态，要把太湖景区打造成上海的后花园。当时我和上海的作家朋友坐在嘉宾席上，听见这番话，顿时感到别扭。无锡属于江苏，为什么不说是省城南京的后花园。

口号就是目的，所谓后花园，是用糖果哄人家来花钱。与一位历史学家谈起此事，我抱怨无锡人精明，谁有钱拍谁马屁，谁阔气抱谁大腿。历史学家不以为然，觉得这个提法并不一定占便宜。他笑着说，上海人确实花银子了，可是垃圾都丢在后花园。

事实证明了他的判断，太湖被严重污染，景区的这城那城，一度有很好的效益，现在都不怎么样了，颓败不可避免，前景显然堪忧。我曾坐过小飞机，从空中俯瞰下面的欧洲城，当时感觉很怪，仿佛真出了一回国。

以短视的眼光看，对太湖景区的打造，可以说是成功范例，毕竟盆满钵满，赚了大钱，但是步其后尘，模仿者有着太多的惨痛失败。基于这样很不低碳的现实，听到城市后花园的口号，我总是忍不住要喊几声狼来了，不合时宜地提醒一下。好山好水搁在那，你不去管它，永远还是一个好字。一个错误的决策，很可能把原有的一切都糟蹋。

今年春天，安徽舒城的万佛湖雅集苏皖两省作家，游山玩水好吃好喝，主人不仅好客，而且虚心求教，希望能贡献好主意，为景区的开发出谋划策。据说这里早就定位，将成为省城合肥的后花园，高速公路已立项在建，用不了多久，景区便会车水马龙，变得很热闹。

美好前景让大家兴奋和激动，秀才人情不止一张纸，动笔写点小文章，还可以七嘴八舌妙语生花。有人立刻建议拍部好看的电视剧，有人想到了人文挖掘和编故事，还有人提议在当地的传统美食上下功夫。我在一旁插不上嘴，心底那几句话，不知道该不该讲。不说不痛快，说了又怕扫兴，拂了主人的盛情好意。

清晨醒来，旭日初升波光粼粼，不禁动了去湖边独自散步的念头。清明时节，乍暖又寒，这花开罢那花来，万佛湖的风光目不暇接。不由地有点心痛，这么好的山，这么好的水，一旦全面开发，真不知道会变成什么样子。安徽有着太多的好山好水，万佛湖就是一颗很璀璨的明珠，可惜在当下，被选为城市的后花园，很难说幸运与否。

我的观点是开发不如保护，一动不如一静。酒香不怕巷子深，这句话遭受了普遍质疑，事实上美景的风光无限，有时候不是巷子深不深，而是愿意不愿意去发现去欣赏。对于那些迟钝的心灵，你就是拉到了后花园，风景大餐端到面前，也仍然会无动于衷。

2010年4月14日

沪宁线上

一百年前，赵元任在上海读书，他是常州人，去沪上求学可不容易。先坐小火轮向西北往南京，再坐江轮向东南，几经折腾，从出发再到达，大约一周时间。这就是当时的速度，因此火车一通，沪宁线上无不欢欣鼓舞。

多少年来，江南的交通要道是大运河，与运河无关的上海一直边缘化。铁路改变了沪宁沿线，从此上海成为长江三角洲的中心。试想一下，沪宁线上的城市，一路过来，过常州，过无锡，过苏州，拐弯去了杭州，大上海还有什么戏可唱。

清朝快灭亡的时候，老家伙们惊叹时局变化太快。当时的所谓快，今天是慢得不能再慢。自二十世纪八十年代的改革开放以来，沪宁线每隔一段日子，就会有太大的改变。过去只有慢车和快车，能坐上快车便很不错。后来有了旅游专列，那种游字头的双层列车，一度很时髦和奢侈。刚开始，还有人抱怨票价太贵，卖弄坐这车如何舒适豪华。

记不清在沪宁线走了多少次，自从有旅游专列，感觉已经很方便，很现代化。渐渐旅游专列变得不稀罕，越来越老土，竟然销声匿迹，成了老古董。起码是在沪宁线上，你已经不可能再见到双层列车。有一段日子，耳边常常听到提速这样的字眼，然后就真的提了速，然后就开始有了动车。

动车使得这世界又一次发生重大改变，南京人逛上海，上海人玩南京，早出晚归变成寻常事。一百年前要一周才能完成的旅行，现在只要两个多小时便搞定。人们对速度的观念日新月异，怎么夸张地去想象，都不会太过分，只有想不到，没有做不到。

京沪高铁很快就要通车，见怪不怪，媒体广泛报道渲染，大家心理上早做好充分准备。到时候，南京上海只要一个小时。然而与时俱进也是有代价，在列车一次次提速的大好形势下，从我家开车去火车站的时间，也很遗憾地不断增加。五年前，十一二分钟足矣，现在必须放宽到一个半小时。堵车的恐慌威胁着每一个赶火车的人，而且越来越严重，提速和减速已成为不可调和的矛盾。

眼下，我正坐在从上海回南京的动车上，身边的老人在抱怨，嫌火车太快，无法欣赏外面风景。确实太快了，眼睛根本就不能往外看，近看不行，远看也不行。修建的高铁拦住了视线，经过苏州，美丽的虎丘塔也看不见了。顿时让人深有触动，我太太是苏州人，过去为了相会，常在沪宁线上走，远远看见虎丘塔的雄姿，心情立刻很愉快，血液流动也快了许多。

可是现在，坐在火车上，已看不到虎丘塔了。

2010年5月15日

印象中的大连

印象中的大连还是跟足球有关，想当年万达队一骑绝尘，逮谁灭谁威风八面。在去大连的飞机上就想，要是能去现场看球就好了，下了飞机，已把这事忘了，毕竟不是什么真正球迷。

两次到大连，都是十多年前，都是参加文学方面的会议，好像都是私人老板赞助，花了不少银子。窥一斑而知全豹，很显然，大连不但喜欢足球，还顺带偏爱文学。那天开完会，主办的大老板踌躇满志，说第一流球迷都自己玩，有没有兴趣去踢场球。

于是，一帮作家不知深浅地都站到了球场上，崭新的运动服和鞋子换好了，人模狗样还真像回事。在我们面前是一支企业的足球队，说是业余，人家可都是专业队退下来，不由地心有些慌，毕竟老胳膊老腿，禁不起碰。大老板安慰我们，说已经关照过了，不会玩真的，就是陪你们玩玩，另外再给你们配两个我的主力队员。

充其量也就出一身大汗，我来回奔跑几趟，摔一两跤，碰三四下球，已被大家公认体力好。晚上睡得香，第二天很晚才醒，高楼窗户懒洋洋往下看，大街上车来车往，有轨无轨，都是公交车。让人感到奇怪的是，路上竟然看不到一辆自行车。

和本地人聊天，说大连山坡多，骑车太累。我将信将疑，见过老照片，与其他城市一样，当年这里骑车的并不少。向年龄略大的老同志取证，答案是当然，说过去年代你要上班，坐车不方便，就只能骑车。坡多怕累从来不是理由，我们被称为自行车王国，不是为了环保，而是没办法。

大连的公共交通全国位列前茅，人们只是因为坐车方便，才放弃了自行车。第二次到大连，有机会与市长对话，议论那个具有城市标志意义的足球建筑，一位诗人很认真，说它既然起源于市长的灵感，然而市长有没有想过，这决策如果是错的，万一错了，会怎么样。市长如何回答，我记不清了，显然，市长没觉得那个建筑有什么不好，所有在场的人，也没觉得有什么不好，但是这个问题问得很好。

和一栋醒目建筑相比，一个城市的公共交通重要得多，因为它牵涉了市民的切身利益。差不多是十年前，我所在的城市曾跟大连竞办全运会，最后南京胜了。胜败乃兵家常事，我却更欣赏大连当年的竞办口号，“我们已经准备好了”，这种自信，这种孤芳自赏，才是一个理想城市应有的特质。在我印象中，大连人是真的喜欢运动，他们货真价实，更接近体育的本质。大连更人性化，譬如在公共交通方面，更多的普通老百姓得到了实惠，或许正是在这个意义上，大连要比别的城市更现代化。

2010 年 8 月 19 日

苏州的文化气息

北方友人让谈谈苏州的文化气息，我觉得很不靠谱。首先，文化这玩意说有就有，说没有就没有，难免信口开河。其次，苏州实在太有文化，一部二十四史，从何说起。

友人不肯放过，非要让说，逼急了，只好豁出去，问想听什么文化，文还是武，柔还是刚。友人笑了，说自然是文是柔，吴浓软语，苏州难道还能有武和刚。于是开导他，说太远的吴王夫差不说了，不太远的《古文观止》总该读过，回去好好学习最后一篇。

《古文观止》压卷之作是张溥的《五人碑墓记》，是最见苏州人血性的一篇好文章。友人搞教育出身，说这我知道，中学课本上有。不过心里还不服，酸溜溜地说，当年有不少著名右派，苏州也有，譬如陆文夫，人家都是给共产党提意见获罪，小说《小巷深处》却写了妓女。

我问友人，玩小说的右派也不少，陆文夫的小说究竟好不好。友人说，当然是好。既然好，就用不着再讨论，我让友人再仔细想想，北京大学最著名的右派林昭女士，按照她的习惯思路，根据她的是非标准，还够不够铁骨铮铮。友人沉默良久，叹气说苏州有个林昭，足够了。

顾颉刚先生年轻时，对苏州的新文学不满意，曾经很生气。后人借助这个观点，批评苏州的小说。这其实也是捕风捉影，误会了先贤，他老人家说的只是某一时间段，而且单指小说。顾先生是苏州人，自己人说自己，自然高标准严要求，恨铁不成钢。大家都知道，真要说到小说，苏州向来不差，譬如当代一种流行说法，全国有一半小说，是江苏人写的，江苏有一半小说，是苏州人写的。

文化大概念中，文学只占一小部分，小说又是更小一部分。很显然，苏州人不只是善于写小说，还精通文化各个领域，擅长文学各个门类。琴棋书画无所不能，小说散文诗歌报告文学，什么样文章都能写，都能写好。很多年前，丰子恺先生有一张漫画《苏州人》，严严实实的帽子，大围巾，架着眼镜，叼着烟卷，手提鸟笼，活脱一个白相人。这幅画曾带来不小的负面印象，大家觉得苏州人就这德行，不知道人家即使当白相人，也比别的地方出色。

苏州的文化气息，与经济密切相关，互为因果。唐宋以后，此地文化一直处在繁荣之中，想不出文人都不行。地灵人杰，穷山恶水出刁民，都是标准套话，有时候，也不能说没道理。说白了，经济就是一种文化，就是一种文明。有了经济基础，行行能出状元，哪个角落都是文化。

2010 年 12 月 19 日

春游良可叹

三十年前的初春，读大学三年级，课程谈不上紧张，无聊得厉害。一连下了好多天雨，又冷又湿，终于拨开乌云见太阳。我们决定逃课，出去郊游，寻找阳山碑材。

在这之前，拜访过南唐二陵。那年头，南京郊区很多景点尚未开发，没高速公路，甚至没柏油马路，地图上也查不到，书里只是淡淡写了几句，你冒冒失失去找，真不一定能找到。那年头的荒芜，今天很难想象，没一点儿保护，没任何开发，南唐二陵像两个废弃的小煤窑。两扇斑驳的木门紧锁，想进去看看，有人告诉我们该去哪找钥匙。然后就进去了，没电，也没带电筒，点个小火把，胡乱地看了几眼。

阳山碑材离公路不远，中学时下乡劳动，在附近村子住过，耳闻不曾目睹。快到目的地，不要问阳山碑材，当地人弄不清楚，要问坟头。你一问坟头，立刻有人会告诉怎么走，坟头是地名，据说当年开采碑材，死了很多人，都埋在这，因此坟头名气更大。

找到了坟头，很快可以见到阳山碑材。村民会说你看见那山坡了吗，走过去就是，我们觉得非常了不起的人类文化遗产，当地人眼里，也就是几块光秃秃的大石头。穿过山间小路，拨开挡路的树枝，一直往前走，废弃野外的阳山碑材，突然出现在你的面前。接下来，不需要再用文字来描述，面对一个世界级的奇观，心情将豁然开朗，思绪会十分活跃。

无论南唐二陵，还是阳山碑材，当年的印象都非常美好，非常深刻。它们形象地解读了南京，是古城的最好标本，南唐小朝廷的孱弱，大明永乐王朝的强盛，有这两个景点作证，足够说明问题。六朝以来，南京始终在孱弱和强盛之间徘徊，“无情最是台城柳，依旧烟笼十里堤”，因为有了它们，想怎么解释南京的历史都行，可以说强悍，也可以说怯懦。

最值得回味是的未开发前的那种原生态，这是春游可遇而不可求的境界，荒凉也是一种美，给人产生的震撼，远非用围墙圈起来所能相比。这两个地方后来都不止一次去过，可惜已被开发，被保护，有幸成了公园。有时候，一个景点的开发和保护，会变成一次更大的破坏，我并不是抗议收费，而是感叹太多的人工，太多的这个那个，失去了让游客浮想联翩的历史沧桑。

一年四季在于春，春游犹如品新茶，要抓紧时间，要趁着年轻。非常怀念三十年前的那些春天，那些能有所发现的郊游，至今仍让我激动不已。毫无疑问，春游要带点春天气息，要稍稍花点力气，要别出点心裁，有发现，才有喜悦。

也不用走很远，在南京的周围就可以。

2011 年 3 月 2 日

怀念中的汤山风情

有朋友到来，问什么地方最有南京情调。我想了想，说大约还是在怀念之中，譬如玄武湖中山陵，名气很大，来头不小，你匆匆地去看了，未必就看出什么好来。情调和调情不一样，这玩意不是说来就来，说有就有，要有些准备，要有些积累。情调也是文化，想附会风雅，没文化不行。

二十世纪九十年代，在台湾的一次聚会，几位大妈冒出了一口音正腔圆的南京话，我十分惊讶。是群官太太，老公官职不大，混得不算太差，也好不到哪里。当年出嫁，总以为嫁了青年才俊，傍着前途无量的金龟之婿，没想到离乡背井，再也见不到爹娘。要说都是好人家的女儿，娇生惯养，读有名的女子学校，接受别人羡慕的贵族培养。一口纯粹的家乡音，无端透着一种自信．我们今天都觉得南京话老土，人家却十分得意，毕竟是当年的首都口音。

我让朋友想象这样的场景，漫步在大街上，一不留神，你看着蒋委员长拉着宋美龄的胳膊迎面走来。又看见一个人似乎脸熟，等他缓缓走过去，你才想起来，刚刚那位竟然是李宗仁先生。民国的这些大腕根本不担心暗杀，他们很悠然地行走在街上，连个保镖都没有。

然后再告诉你，这地方就是汤山，是抗战之前，距离今天七十多年。那是此地最辉煌的年代，欣欣向荣，因为有可供沐浴的温泉，就有了蒋委员长和党国大佬们的别墅。周末或者假日，天朗气清，达官毕至，要员咸集，游目骋怀，登高望远，别有一番风情。

汤山的历史可以追忆很久，最吸引人，莫过于袒裼裸裎，沐浴小憩。三五好友走过林荫小道，浸泡在温柔乡，好掌故的会告诉你，哪栋小楼才是委员长当年的茅庐。别墅不稀罕，关键是洗鸳鸯浴，温泉水滑洗凝脂，委员长可惜太瘦了。我不知道现在对外是否还开放，改革开放初期，很长一段时间，只要你肯花点钱，就能泡在委员长夫妇浸过的温泉池里。

有人说，那就是大名鼎鼎的陶庐。有人说不是，是张静江公馆送给蒋委员长的新婚贺礼。都是专家之言，都言之有据，老实说我也搞糊涂了。事实上，今天见到的蒋介石温泉别墅，气派非凡，韵味十足，都不是旧日原物，原建筑早在抗战时被毁坏。

怀念中的汤山最适合叙述民国盛世，最能见证一段繁华神奇。仿佛命中注定，南京这城市能享受的照例是过眼云烟。“渔阳鼙鼓动地来”，日军铁骑入侵，国破家亡。瞬间于是永恒，盛世不再，欣欣向荣的汤山风情，立刻戛然而止。夕阳下，当年的抗日碉堡仍然错落，钢筋水泥堡垒太坚固，成了抹不去的前朝遗物。

2011 年 6 月 5 日

汤山，意犹未尽

从地图上看，南京与上海杭州三足鼎立，形成一个三角形。实际距离是杭州略近，只不过坐火车去杭州，要绕路经过上海，于是大家印象中，都觉得上海更近一些。

二十世纪三十年代，竺可桢先生被任命为浙江大学校长，他的家在南京颐和路一带，对分居两地很有些犹豫。好在有小汽车，来去也还算方便，走宁杭国道，到杭州只要六个小时，两头奔波吃点苦，也没什么大不了。他是学科学的，做事认真，路上的时间正好用来思考问题。又喜欢随手做笔记，记得有段文字特别有意思，他记录途中所见，发现这一路市区除外，二百多公里行程，共遇见自行车七辆，驴三辆，货车六辆，由此可见当时的国道，真是空空荡荡。

那时候的宁杭国道标准很高，从南京家中出发，半个小时就能到达汤山，实在太方便。二十一公里路程，出中山门，开足马力，不一会儿便到了。要知道这汤山在老百姓的心目中，总是有些特殊地位，因为党国要员们的别墅都在这附近。山不在高，水不在深，有人杰则地灵，有大官便名声远扬，因此是地方就有掌故，随处都可以八卦。

大人物别墅中，最喜欢黄栗墅草房。名人别墅照例要起个像样的名，名如其人，闻其名犹如见其人。譬如蒋委员长的汤山别墅，因为是“行宫”“圣驾下榻”之处，都不知道应该怎么形容，怎么说都冒昧，非要竖招牌，只能写上“蒋介石温泉别墅”字样，毫无个性色彩。

稍雅些的是戴季陶的“望云书屋”，一听这名字，就知道是个能读书，或者说准备读书的地方。不过话说回来，别墅称之为“书屋”，雅是雅了，仍然有几分矫情，有一点儿摆谱。

我猜想于右任先生的“黄栗墅草房”，不是随口就来，一定是再三琢磨。能有个浑成的好名字不容易，首先要现成，汤山附近得有个黄栗墅的地名。现如今走高速公路，每当经过黄栗墅服务区，便有下去休息的冲动，虽然那“草房”早无影无踪。也许最初还考虑过“草堂”，有点向杜甫致敬的意思，也可能设想过“草屋”，最后定名为“房”，声音响亮。当然最关键还是与书法有关，大家都知道于右任是当代“草”圣。

汤山的温泉又名“圣汤”，洗了可以超尘脱俗。抗战胜利后，当时的省主席王懋功花了四十八根金条，在这附近买了一栋别墅，改名为“劲园”，同时又在后面置了墓地，准备终老长眠，没想到很快国共大战，解放军百万雄师已浩浩荡荡过了大江。

2011 年 9 月 9 日

汤山之下有泉

话说天宝年间，刘长卿同学去京城赶考，住进一家小温泉旅馆。正赶上玄宗冬狩，带着杨贵妃去华清池，那个浩浩荡荡的阵势，刚走出家门的刘长卿目瞪口呆。“汤熏仗里千旗暖，雪照山边万井寒”，此情此景落在诗人眼里，照例得来几句。

唐朝好诗人太多，琳琅满目俯拾即是。往往会弄混，王二成张三，李白错为杜甫。刘长卿名气不小，生卒年月至今也不清楚。我能记住他的诗，因为最后两句有些励志：“且喜礼闱秦镜在，还将妍丑付春官。”那意思是说，考试如明镜一样公平，你是骡子是马，漂亮或者丑陋，能否进清华北大，够不够一本线，最后由分数说了算。

看来唐朝的考生也差劲，和今天相比，潇洒不到哪里。学而优则仕，所谓科举，与考公务员差不多。上大学时，老师讲堂上解释《长恨歌》，念到温泉水滑洗凝脂，突然语无伦次，一个劲咂嘴，半天说不出话。然后引经气典大谈凝脂，偏偏我生性迟钝，肆无忌惮开始走神。凝脂的形容一点儿没让人联想到美丽，恰恰相反，只有一种黏糊糊的感觉。

我想起了自己第一次在南京的汤山洗温泉，那是“文革”中，正上初二，全班下乡劳动。地点离汤山镇不远，也不知道是谁发动，男生女生稀里糊涂都去了。那岁数的男孩正处于发育阶段，赤裸相对，便会有些嬉笑的不雅话题。与众不同总是要被讥笑，先笑有，后来再笑无。

往事如烟，温泉成为大众的休闲享受，只是近年的雅事。汤山离南京不远，就在郊区，都知道那里有很好的温泉，因为交通不便，真正能去的机会并不多。在过去年代，冬天沐浴是一件大事，能洗个热水澡就很不错，还要想念温泉，这太奢侈了。

一直觉得唐玄宗挺不错，如果没有安史之乱，他的文才武略，并不逊于乾隆。遥想大唐盛世，皇上赐浴乃最高奖赏，无论男女，能跟圣上一起泡个温泉，死也值了。蒙恩每浴华清池，扈猎不蹂渭北田，很显然，玄宗十分愿意与民同乐，他知道洗温泉很爽，时不时会开恩让大家一起爽。

时过境迁，中国人的生活突然好起来。上海一位朋友电话里说，你们南京人真舒服，双休日可以去汤山泡温泉，过一下帝王生活。我无话可说，聊了一会儿，很吃惊地发现这位上海人与时俱进，早已是汤山温泉的熟客，远比我这老南京知道得多。

据说到双休日，汤山温泉池里都是说吴浓软语的上海人。作家陈村曾戏言，南京乃上海郊区。这话看来没错，南京是郊区，南京的郊区自然不可能再例外。

2011年12月23日

禹迹想前事

吴江的震泽有个禹迹桥，很好看，也很有名。站桥上，忍不住想笑，因为说到了大禹，我突然想到不远的苏州城，想到在那长大的顾颉刚，想到了鲁迅的挖苦。鲁老夫子的小说《理水》中，顾先生很滑稽，结结巴巴地考证说：

“禹是一条虫，虫虫会治水吗?”

顾颉刚是祖父的老朋友，非常有学问。站在禹迹桥上，听当地人说掌故，我便想到好顶真的顾先生。他一定坚决反对，立刻意识到很多破绽，很多不准确。既然对禹的存在都表示怀疑，显然不会相信，几千年前有位圣人，曾在这留下足迹。

用不到顾先生的大学问，也能想明白与大禹沾不上边。“禹迹”在古汉语中经常见，小孩子读的《千字文》里便有“九州禹迹，百郡秦并”。茫茫禹迹，画为九州，大禹到过的地方，皆是中国。往白里说，传说代表愿望，以讹传讹象征民心，禹是否真点过卯并不重要。所谓禹迹桥，相当于中山路，相当于神舟号飞船，只是借题发挥，命名而已。

对于吴方言的人来说，“禹迹”两字发音相当困难。我怀疑当初的命名者，很可能是操外乡口音的官员，要不就是死抱课本的书呆子。当地人念“禹迹”，一边笑，一边说我们老百姓都不这么称呼，这两个字太那个，舌头绕不过来。不过大家都相信大禹治水，都相信那个叫大禹的圣人来过这里。当地人还相信乾隆当年下江南，从禹迹桥下走过。有鼻子有眼，乾隆爷庞大的船队浩浩荡荡经过，不许民众偷看，家家户户门窗紧闭，结果谁也没亲眼见着皇帝他老人家的龙颜。

道光年间编撰的《震泽镇志续稿》，介绍禹迹桥，没提到乾隆的船队。真要有这事，按例应该大书特书，因此可以有些疑问，好在我也不是个顶真的人，面对历史这门大学问，宁可信其有，不愿信其无。有时候，我更愿意相信虚构。民心所向，假的往往会比真的更真实，如果我们都愿意相信大禹和乾隆来过，那就是千真万确地来过。学问让人聪明，也会让人糊涂，为什么非要和老百姓的善良愿望对着干呢。

禹迹桥建于康熙，重修于乾隆，地道的江南水乡拱桥。一个好的有历史的景点，关键是能让人想起些什么。禹迹想前事，汉台余故丘，这是唐诗人刘禹锡的诗句。禹迹桥紧挨着慈云禅寺，与古庙的黄墙和佛塔相映，是一幅很漂亮的图画。当导演的喜欢在这取景，电影《林家铺子》和《一盘没有下完的棋》就在这拍摄，可惜两部影片水准一般，影响并不太大。

2011 年 3 月 22 日

点点香魂清梦里

晚明的秦淮八艳，个个传奇，每一位都是侠女，柳如是排第一。1986年，在上海一家旧书摊，我花5元钱买了一套陈寅恪先生的《柳如是别传》，皇皇80万字巨著，以这价格得到，而且精装本，让人又惊又喜，同行的江苏作协领导章品镇先生，一个劲儿夸我会买书。

文化人都喜欢柳如是，那时候我已发表一些文字，跃跃欲试准备当小说家，很想写写这位不同寻常的女人。于是留心再留心，读了不少笔记，后来却不了了之。写的人太多，都一个味。写来写去，关键词避免不了妓女、青楼、冶游、忠君、爱国。无论怎么冠冕堂皇，皆离意淫好色不远，像通俗的电视剧。

多少年来，我一直在琢磨，柳如是身上的文艺才情从何而来。天生两个字，不足以说明要害。柳的出身不可详考，能说清楚的就是，自小卖入娼家，14岁时，被“吴江故相”周道登家买于勾栏。一开始是周府老夫人侍婢，《红楼梦》中袭人和鸳鸯那样的小角色，深得老夫人欢心。

很快呢，老头子动了邪念，收为小妾，常抱置膝上，教以文艺。

由此可见，柳如是文学上的开窍，得益于文人大款。始乱终弃，她很快成了女屈原，周府群妾不能忍受这等异物，谣诼蜚语加害，很快逐出周府，再卖于娼家。一买一卖，出淤泥而不染，身价倒是长了，毕竟“相府”出来的。

柳如是与钱谦益定情前，一直主动出击，勇敢追求，努力寻找一位文学上的导师。假以文学知音之名，沾过她便宜的男人不在少数，有老有小，七老八十，文坛上刚露头角，都是当时精英，史册上有名有姓。有时候看中人家，有时候人家看中她，好在功夫不负有心人，最后呢，一树梨花压海棠，与一大把年纪的钱谦益修得正果。

钱谦益为爱好读书学习的柳如是建了红豆山庄，筑绛云楼，藏书 73 柜，又在楼下设立床帐，双双栖居。惹得缙绅们惊呼过分，大叫“亵甚矣”。客观地说，虽然相差了 36 岁，不是生逢乱世，钱柳也算美满姻缘。人才两得，你情我愿，偏偏遭遇亡国，不能不随着动荡。读柳如是留下的清丽文字，情不自禁地便想到了李清照，一个出自名门，一个出自青楼，以水平论，都该进中国作协，都可以得鲁奖。

“点点香魂清梦里，桃花扇底看前朝”，与李清照一样，柳如是文艺上的取胜，不只是才情，更有人生沧桑。遗憾成全了美，乱世造就文章，红豆山庄仅剩下一株红豆树，绛云楼毁于大火，钱谦益降清，柳如是悬梁自尽，300 多年前种种往事，后人想起不由欷歔。

2011 年 3 月 26 日

为谁流向潇湘去

秦观是苏东坡弟子，名列苏门四学士。这几位学生都是文艺上的叛徒，基本上不像老师，风格迥然不同。弟子之一的黄庭坚开创了江西诗派，秦少游则一味委婉，全无大江东去的豪放。譬如“销魂，当此际，香囊暗解，罗带轻分”，不仅婉约，而且近乎香艳。柳永的学生可以，李清照的老师也不为过，尽管李对他评价刻薄，说词写得很漂亮，极妍丽丰逸，终是“贫家美女”，缺少富贵姿态。

“郴江幸自绕郴山，为谁流向潇湘去”，这是秦观词中最美的句子，据说苏轼曾书写在扇面上，日日把玩，连连哀叹：“少游已矣，虽万人何赎。”这段子要比苏小妹下嫁靠谱，我还是半信半疑。作为学生，秦观死在前面，白发人伤黑发人，老师悲伤自在情理之中，可是苏东坡多活了不到一年，在生命的最后时刻，都忙着从流放地往内地迁移。

一想到苏东坡以及弟子一次次被流放，我的心就不由地难受。他们很像二十世纪五十年代的右派，有一腔热血，莫名其妙地遭遇文字之狱，然后便一蹶不振，踏上贬谪之路，一下子打到社会底层，吃足了几十年的苦。好不容易熬到哲宗驾崩，徽宗即位，迁臣纷纷内徙，苦难结束，新时期刚开始，生命已到尽头。

往细里说，秦观与文字狱无关，不过是站错了队。新党也好，旧党也好，认死理地站在老师一边，恩师一个劲倒霉，他便跟着接二连三不幸。一〇八四年，苏东坡途经高邮，与秦观一起登文游台，凭高望远饮酒作诗，成就了一段后人津津乐道的文坛盛事。然而当事人说什么也不会想到，此后二十多年，会有那么多磨难。

秦观的墓在无锡，很长一段时期，我想不明白，为什么不葬在老家高邮。难道是为了躲避金兵入侵，因为很快靖康之变，北宋面临灭亡。秦氏后人对移葬的解释非常简单，秦少游喜爱惠山美景，生前就有隐身此山之愿，而他儿子秦湛正好在当地做官，所以将先父灵柩移葬无锡。

秦观葬在何处并不重要，印象中，对他的最好纪念，还是高邮的文游台。中国文化讲究文脉相承，高邮人相信，九百多年前那次雅聚，仿佛兰亭之曲水流觞，为自己两千多年历史的古城攒足了文气，很显然，秦观永远属于高邮，永远属于文游台。

秦观后人非常发达，迁居江南后，官做得很大，远远超过苏轼后代。康熙和乾隆下江南，秦家曾经接驾十四次，这纪录让人瞠目结舌，由此可见皇恩浩荡。据说台湾马英九的母亲秦厚修女士也是秦观后人，她这一支出自江南，再转迁到了湖南宁乡。

2011年4月4日

玉苍山上看云

春天来了，温州的程绍国兄相约苍南采风，说地方好，值得游。召集几位老男人，上海陈村，湖南何立伟和彭见明，东北阿成，还有文坛前辈邵燕祥。南京去温州，每天一航班，晚十点多起飞。落地十二点，赶苍南，又一个多小时，然后夜宵海鲜，进酒店客房夜半三点。

我本宅男，从不熬夜，春天气息一熏，生活节奏全改变。苍南行色匆匆，印象最深是玉苍山。据文献记载，山上有古碑，写着“玉苍之山，龙蟠虎踞”。碑早没踪影，好在我生长南京，对“龙蟠虎踞”四个字不在乎，也不相信。只是奇怪雁荡山真够大，许多年前游过南北雁荡，没想到山脉一路延伸，可以南到这里。

玉苍山属于南雁荡山的别支，一起采风游玩，还有壮男作家邱华栋、美女作家须一瓜、美女作家葛水平、美女少数民族作家阿拉旦。日月如梭，年岁不饶人，老男人中我相对年轻，听说山的最高处只有九百多米，心情顿时轻松。登顶后减员一半，在下面看风景的陈村不无遗憾，问山顶景色如何。我不忍心让人失望，说也没啥可看。

回答半真半假，先说这假，欲穷千里目，更上一层楼，既然最高处，多一寸是一寸，高一点是一点，怎么可能没看到什么。再说那真，名义上是登顶，最高处威武拍照纪念，也就那么回事。英雄气短，汽车已把大家送得很高，百里行程偷懒了九十多里，登上顶峰与否，差别并不大。好比一人在楼上，另一人爬上了房顶，高乎哉，不高也。登高丘而望远海，最高处能看到的，未曾登顶的陈村们，基本上也看到了。

玉苍山上最值得看的是云海，凡事要比较鉴别，别处也不止一次看云，都没这次神奇，都可以打折扣。时间是前一天的黄昏，坐车上大观景台，云雾飘来飘去，我们立刻为美景傻眼。美丽照例难用文字描述，随行的当地人纷纷祝贺，说运气好的游人，才能看到云海如此完美。于是也顾不上说话，一个个亮出家伙，一边惊叹，一边没完没了拍照，长枪，短炮，傻瓜机，仿佛都是记者，都是狗仔队。

美丽常常瞬间，稍纵即逝，有时候光顾着拍照，反而将最美的东西遗漏。过多拍照也会有问题，也会捡芝麻丢西瓜。以后很多天，我一直在想为什么。这里的云海很特别，令人难忘，为什么呢。或许是不容易，玉苍山不算高，因为不高，云海不长有，越稀罕越珍贵。或许是离人间近，城市就在不远处，有烟火味，更真实。坐过飞机的都有体会，高空浮云虽然好看，可惜虚无缥缈，太像仙境，太远离世俗。

在玉苍山上看云，看云海，不见长安见尘雾，别有一种风情。此时此景，既如梦如幻，又还能想到自己在人间，这感觉很棒。

2011年4月30日

在大连没看到航母

十多年前到大连，万达足球队最风光。那年头的万达就是巴西队，甚至比它还牛，人家还没拿到世界杯，万达已提前很多轮夺冠。北京出租车司机爱谈中南海，大连的哥要么跟你侃足球，要么自顾自听实况转播。

十多年后，又到大连，足球不行了，竟然堕落到保级边缘。不过万达的影响却更大，我所居住的城市南京，提起万达，没有不知道的。房地产做得好，万达广场永远人山人海，男女老少咸集毕至，房价刷刷刷上去了。万达老总王健林，是捐款南京最大的一个主，多少钱说不清，反正能排在第一，绝对不是仨瓜俩枣就打发，必须得很多亿，必须的。

十多年后到大连，小伙子仍然帅气，据说此地年轻人都爱在脑袋上花时间，在发型上扔银子。所谓出风头，风头风头，全看一个头。说白了，不能亏待了自己的脑袋。我见到一个驾驶员，看上去是寸头，极短，却是极细心烫过的卷发，懂行的说，这家伙没几个小时绝对做不了，要比时髦女士烫发更麻烦。

小伙子帅，当然也是为了让姑娘看，有美女瞅着。此地女性本来都有爱美传统，早在薄书记时代已这样。大连服装节名头很响，这里的资产阶级风气比谁都早，有钱的是真有钱，大款是真大款。这次恰巧赶上了车展，都是国际品牌，一琢磨那些名车的价格，连连咂嘴，立刻明白小伙子们为什么都爱在脑袋上花工夫，毕竟这成本小得多。少花钱多办事，用几百万的名车去讨女孩子喜欢，去泡郭美美，这可不是正经年轻人能干的买卖，反正没那实力，随它去吧。

大连到处都是工地，这是盛世中国的典型场景，都在大干快上。十多年前的大连可不这样，那是一个建设空档期，前一轮大折腾完了，已收拾好，因此印象中的大连，那个干净，那个宁静和美丽，真的很值得回味。我是个喜欢怀旧的人，怀旧者往往会看不见未来，大连的明天肯定会更美好，但是忽视了今天，失去的过去，总是有些可惜。

大连的哥会很热情地告诉你航母在哪，毕竟在建的只有这一艘，物以稀为贵，这是本地人的骄傲，有点像当年大连万达足球队，天下无双中国独一。就在城市身边，出租车从高架上经过便可以看见，不过这几日恰巧不在，因此的哥不无遗憾，仿佛爱显摆的主人，家中最好的宝贝没能让客人看上一眼。

的哥说，下次来就能看到航母了。

的哥又说，下次来也不一定，这玩意花那么多钱，也不能老停在那，谁知道它会开哪去。

2011 年 8 月 26 日

铁路的怀旧

一个世纪前，沪宁铁路还没开通，清华四大教授之一的赵元任先生从家乡常州去上海，先坐小船向西绕道南京，再乘江轮往东直下上海，得一周时间。要是能赶上今天的高铁，亲自品味风掣雷行，肯定会无限感慨，高歌一曲《教我如何不想他》。

然而有了温州的动车事故，这位从不落伍的流行歌曲前辈，又会怎么想呢，他又会如何思考铁路。铁路铁路，还真是三言两语说不清楚。自晚清开始，铁路部门都是响当当的行业，牛得无法形容。孙中山把大总统宝座让给袁世凯，袁便让孙管铁路，给了很多银子，让他想怎么修就怎么修，想如何玩就如何玩。孙中山一腔热血，鞠躬尽瘁，偏偏中国的铁路，池子深庙宇大，哪是好人能玩转。结果大把的钱都被忽悠，孙中山的名声也差点被毁，袁世凯害人的高明，也因此可见一斑。

还是在民国，外交部部长不行，弱国无外交，外交部部长只有挨骂的份，弄不好还可能被激动的学生扇耳光。国防部长也不行，谁都打不过，对外绝对没戏，对内也没好办法，有实权的地方将领肯定不买账。只有交通称霸，一家独好，全是大块的肥肉。当了交通总长，只要高兴，摇身一变，立刻成财政总长，立刻成国务总理。“交通系”不只是管铁路，随时可以捞过界，能控制经济，敢操纵政治。就是一个独立王国，即使1949年后，也仍然如此，铁道部有自己的警察，有自己的政法系统。

袁世凯当年称帝，“交通系”的代表人物梁士诒召集手下商讨，明知道袁的前途不妙，却不得不选择要脑袋还是要脸，两者只能得其一，要脑袋不要脸，要脸不要脑袋。跟老百姓走，人清白了，有脸面了，可是他们的利益将会严重受损，性命也难保，人为财死，鸟为食亡，利益面前，民心已不重要，于是豁出去，都集体选择不要脸了。

京沪铁路相当于当年的大运河，江苏境内本该沿运河走，过去有个说法，苏北有钱人怕惊动祖坟，所以绕道安徽。其实只是安全因素，洪泽湖动辄决堤，铁路线修在下游是找不自在。那年头洪水就像今天的雷电，没能耐解决只好绕道，安全第一。

远离铁路，曾经依靠运河而繁华的扬州和淮阴，开始急剧衰败。修陇海铁路，民国达人张謇力主经淮阴、扬州、南通入海，而不是去偏僻的连云港。这样显然更有经济效益，政府如果没银子，民间可以凑。

可是铁老大牛得很，张謇已过气了，没人愿意搭理他。

2011年9月18日

后　记

过去许多天一直在编辑这套散文，南京的梅雨季节很难受，断断续续总是下雨，湿度太大，好像一伸手，用劲一拧，都能挤出水来。然而编书的日子十分愉快，辛苦并快乐，有点像秋天收获劳动成果。

居然写了那么多散文，还只是其中小部分，有很多书版权没到期。我已经习惯被当作小说家，写散文一直很业余。二十多年前，出版第一本散文集《流浪之夜》，当时写了序，现在重新翻出来，同样意思似乎可以再表达一遍。

这是我的第一本散文集，写序的时候，情不自禁老要想起明朝张岱《夜航船序》中一段话：

> 昔有一僧人，与一士子同宿夜航船。士子高谈阔论，僧畏慑，卷足而寝。僧听其语有破绽，乃曰："请问相公，澹台灭明是一个人，两个人？"士子曰："是两个人。"僧曰："这等，尧舜是一个人，两个人？"士子曰："自然是一个

人。” 僧乃笑曰：“这等说起来，且待小僧伸伸脚。”

我总觉得写散文难免作高谈阔论状，而其中破绽岂止一二。写文章的人，卖几个破绽出去，其实是件好事。因为即使好的散文家，也不应该光想着让读者“拳足而寝”。阅读应该是件愉快的事，能让读者会心一笑，伸伸腿，何乐不为。

中国散文的地位向来不低，好散文也比好小说多得多。当作家，有纯粹的散文家，譬如周作人，譬如丰子恺，写小说的就不敢，多少要弄些散文出来凑数，仿佛不出散文集就不能算文人。近来已出现了“小说家的散文”一词，但是小说家写散文，好比票友下海，毕竟旁门左道。

散文对于我，只是小说之余的一种消遣。写小说好比抽大烟，不写小说，散文便成了一支聊以解闷的香烟。散文和小说一样，都是心灵的声音。我不敢说自己的散文写得好，自谦的话已经说了许多，想说的，不过是告诉读者，我写散文的态度是认真的。好不好，水平问题，认真不认真，态度问题。

二十多年后，散文对我来说，不再是聊以解闷的香烟，是左手和右手，说不清楚哪只手更重要。不止一位读者说过，更喜欢我的随笔和散文，因此关于这套书，首先想说的一句广告词就是，专为喜欢我小说之外的读者定制。其次，特别想强调时间的重要，此次编辑，为增补写作日期花费很大精力，许多文章已过时，因为篇尾的时间痕迹，又一次复活，又一次把我们拉回到当年的岁月。年代太久远，部分文章的时间节点无法恢复，原汁原味打了些折扣，在此向读者表示抱歉。第三，五本书大致分为“自传”“亲友”“见闻”“阅读”“杂感”，侧重点有所不同。

写作和阅读都是缘分，感谢能见到以上文字的读者。散文的要义是形散神不散，单篇文章如此，一本书一套书也应该这样。说话容易做事难，只能尽力而为。读者看出破绽，发现不当之处，不妨再次伸伸腿，敬请会心一笑。

2016年7月1日清晨　河西